이 읽으면
읽을수록 논술이 만만해지는

한국단편
읽기 ③

엮은이 **김정연**

국어교육과를 졸업하고 중학생에게 국어를 가르치다가 책 만드는 일을 시작했습니다. 어른과 아이들을 위한 책을 편집하고 엮는 일을 하고 있습니다. 엮은 책으로는 《읽으면 읽을수록 논술이 만만해지는 우리고전 읽기 2, 3》, 《읽으면 읽을수록 논술이 만만해지는 한국단편 읽기 2》 등이 있습니다.

그린이 **김 홍**

서울에서 태어났으며 대학에서 서양화를 공부했습니다. 어린 시절에는 하얀 종이만 보면 그림을 그리고 싶어하는 꼬마 화가였습니다. 무엇보다도 어린이들의 꿈과 희망이 가득한 동화를 그리는 것을 좋아합니다. 대표작으로 《읽으면 읽을수록 논술이 만만해지는 우리 고전 읽기 1, 2, 3》, 《읽으면 읽을수록 논술이 만만해지는 한국단편 읽기 2》 등이 있습니다.

한국단편 읽기 ③

2013년 8월 10일 1쇄 발행
2022년 6월 30일 3쇄 발행

엮은이 김정연 | **그린이** 김 홍

기획 편집 이성애 | **마케팅** 한명규 | **디자인** 김성엽의 디자인모아

발행처 ㈜가람어린이

출판등록 2002년 9월 16일 제2002-000291호
주소 서울시 마포구 망원로71 자연빌딩 302호
전화 02-323-2160 | **팩스** 02-323-2170
전자우편 garambook@garambook.com
블로그 blog.naver.com/garamchild1577
페이스북 facebook.com/garamchildbook
인스타그램 instagram.com/garamchildbook
트위터 twitter.com/garamchildbook **유튜브** 가람어린이tv

ISBN 978-89-93900-41-5 64810
ISBN 978-89-93900-34-7(세트)

읽으면 읽을수록

논술이 만만해지는

김정연 엮음 | 김 홍 그림

한국단편 읽기 ③

가람어린이

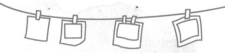

〈읽으면 읽을수록 논술이 만만해지는 한국 단편 읽기〉는 문학 작품을 깊이 있게 감상하며 생각하는 힘을 길러 주기 위한 책입니다.

소설을 읽다 보면 그 안에 있는 다양한 인물들이 우리에게 말을 걸어옵니다. 평소에 내가 생각해 보지 않았던 문제에 대해 '너는 어떻게 생각해?' 하며 묻는 것 같습니다.

어떤 인물은 나와 너무도 비슷하여 마구 공감이 가고, 마치 소설 속 세계에 사는 또 다른 나를 보는 것처럼 느껴지기도 합니다. 그런 인물들이 어떤 판단을 내리고 어떻게 문제에 대처하는지 보면서 깊은 깨달음을 얻을 때도 있지요.

소설은 우리가 보지 못했던 넓은 세상을 간접 경험하게 합니다. 경험의 폭이 넓어지면 생각의 폭도 넓어집니다.

논술이 만만해지기 위해 이 책의 소설들을 읽는 것이 아니라, 여러분이 소설을 읽고 이모저모 생각하다 보면 생각하는 힘, 내 생각을 논리적으로 정리하는 힘이 길러지는 것입니다. 그것이 논술에 자신감을 갖게 해 주는 것이지요.

여러분에게 서술형 시험이나 논술 시험을 보게 하는 것은, 자기 생각을 정리하고 논리적으로 의견을 표현하는 능력을 기르게 하기 위해서입니다.

평소에 생각해 보지 않았던 것들에 대해서도 관심을 기울이고 깊이 이해해 보려는 노력을 해 보세요.

마음을 열고 이 책에 담긴 여러 단편 소설들, 그 안에 살아 숨 쉬는 인물들의 이야기에 귀를 기울여 보세요.

그들이 어떤 이야기를 해 줄 것입니다.

그것을 깊이 생각해 보세요. 이렇게도 생각해 보고, 저렇게도 생각해 보세요. 그러다 무언가 내 머리를 스치고 가는 것이 있다면 그것을 글로 적어 보세요.

이 책의 문제들 중에서 여러분이 쓰고 싶은 주제에 들어맞는 문제가 나오면, 다른 문제에서보다 길게 마음껏 자기 생각을 표현해 보는 것도 좋습니다. 그러다 보면 읽는 것도, 쓰는 것도 더 쉬워지고 재미있어질 것이 틀림없습니다.

김정연

차례

박완서

배반의 여름 ★ 9

소년이 성장해 가며 아버지에게 느낀 배반감. 그 일들을 계기로
마음의 키가 한 뼘씩 자라나는 어느 소년의 이야기입니다.

오영수

고무신 ★ 37

남이가 애지중지하며 아끼는 옥색 고무신을 둘러싸고, 한적한 시골
마을에서 아련한 사랑과 이별의 이야기가 아름답게 펼쳐집니다.

황순원

학 ★ 65

6 · 25전쟁으로 인해 적이 되어 만난 두 친구의 이야기. 안타까운 상황
속에서도 그들의 우정은 다시 되살아납니다.

최인훈

칠월의 아이들 ★ 81

엄마를 도와 석탄을 줍는 착한 소년의 안타까운 현실을 그린
소설입니다. 비 내리는 여름날 철이와 대장에게는
무슨 일이 있었던 걸까요?

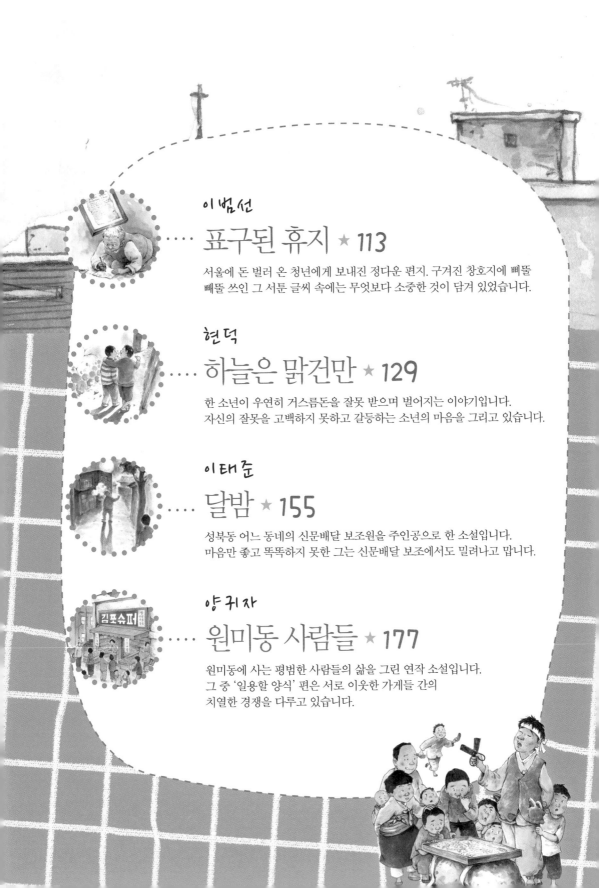

이범선

표구된 휴지 ★ 113

서울에 돈 벌러 온 청년에게 보내진 정다운 편지. 구겨진 창호지에 삐뚤
삐뚤 쓰인 그 서툰 글씨 속에는 무엇보다 소중한 것이 담겨 있었습니다.

현덕

하늘은 맑건만 ★ 129

한 소년이 우연히 거스름돈을 잘못 받으며 벌어지는 이야기입니다.
자신의 잘못을 고백하지 못하고 갈등하는 소년의 마음을 그리고 있습니다.

이태준

달밤 ★ 155

성북동 어느 동네의 신문배달 보조원을 주인공으로 한 소설입니다.
마음만 좋고 똑똑하지 못한 그는 신문배달 보조에서도 밀려나고 맙니다.

양귀자

원미동 사람들 ★ 177

원미동에 사는 평범한 사람들의 삶을 그린 연작 소설입니다.
그 중 '일용할 양식' 편은 서로 이웃한 가게들 간의
치열한 경쟁을 다루고 있습니다.

이 책을 읽는 방법

지은이를 알아 보아요!

각 작품 앞에 작가를 자세하게 소개하였습니다. 훌륭한 작가들이며 앞으로 중 · 고등학교에서 문학 공부를 할 때 다시 접하게 될 테니 잘 읽어 보고 이름은 꼭 외워 두세요.

줄거리를 읽어 봐요!

소설의 내용을 요약한 부분입니다. 먼저 소설을 감상하고, 그 후 정리할 때 읽어 볼 것을 권합니다. 소설의 내용이 어렵고 잘 파악되지 않는다면 줄거리를 읽으면서 시간 순서로 일어난 사건들을 곰 곰이 생각해 보세요.

한국단편을 읽기 전에

작품의 주제와 꼭 생각하면서 읽어야 할 것이 무엇인지 알려 줍니다. 중학교 예비 학습이라 생각하고 잘 읽어 보세요.

소설 원문

소설 작품이기 때문에 지금의 우리들이 잘 쓰지 않는 말이나 사투리도 많이 나옵니다. 낯설게 생각하지 말고 '작가는 무슨 이야기를 하려는 걸까?' 생각하며 읽습니다. 세부적인 것보다는 전체 내용을 파악하고 느끼는 것이 더 중요해요.

초등 필수 단어장 및 구절 풀이

이해하기 어려운 말을 알기 쉽게 풀어 주는 부분입니다. 처음 읽을 때는 그냥 넘어가고 다시 읽을 때 자세히 보도록 합시다.

논술 실력을 쑥쑥 올려 줘요!!

문제 풀이를 통해 작품을 보다 깊게 이해할 수 있도록 하였습니다. 또 생각을 넓히고 논술을 대비하는 데 도움을 주는 문제를 실었습니다. 긴 글로 완성해야 하는 문제는 따로 공책을 준비하여 성실하게 답해 봅시다. 몇 가지 문제를 가지고 부모님과 토론하는 시간을 가져 보면 사고력이 깊어지는 데 큰 도움이 될 것입니다.

배반의 여름

고등 국어 상 [교학사]

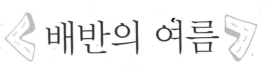

박완서
1931~2011

지은이를
알아 보아요!

　박완서 선생님은 경기도 개풍에서 태어나 숙명고등여학교를 거쳐 서울대학 국문과에 입학했으나 전쟁으로 인해 중퇴하였습니다. 결혼 후 마흔이 되어서야 작품 활동을 시작한 박완서 선생님은 장편 〈나목〉이 당선되며 등단한 후 많은 단편과 장편을 발표했습니다.

　6·25 전쟁과 분단 문제, 물질중심주의에 대한 비판, 여성 문제를 주로 다루며 대표 작가로 주목받았습니다. 박완서 선생님은 유려한 문체와 섬세한 감각, 치밀한 심리 묘사, 능청스러운 익살로 생생하게 현실을 그려 낸 작품 활동을 통해 한국 문학의 성숙을 보여 준 작가라는 평가를 받고 있습니다.

　대표작으로는 〈목마른 계절〉, 〈엄마의 말뚝〉, 〈살아 있는 날의 시작〉, 〈오만과 몽상〉, 〈미망〉, 〈그 많던 싱아는 누가 다 먹었을까〉 등이 있습니다. 한국문학작가상, 이상문학상 등을 수상하였습니다.

일곱 살의 여름, 아버지가 물을 무서워하는 나를 풀 속으로 풍덩 던져 넣었습니다. 나는 아버지에게 처음으로 배신감을 느꼈지요.

그러나 그 일을 계기로 물에 대한 공포감을 극복하고 수영을 잘할 수 있게 되었습니다.

어느 여름 방학, 아버지는 나를 데리고 아버지의 일터로 데려갔습니다. 그 당시 아버지는 나와 동생들의 절대적인 우상이었습니다. 그런 나에게 아버지는 아버지의 화려한 옷이 어떤 의미인지를 보여 주었습니다. 나는 마음속의 우상이 깨지는 것을 느꼈습니다.

고등학생이 되었을 때, 나의 우상은 아버지가 아닌 전구라 선생으로 바뀌어 있었습니다. 그러나 아버지는 또 한 번 나의 우상을 깨뜨렸습니다.

이제 나는 내가 바라는 어른의 모습, 진정한 늠름함을 어디서 찾아야 할까요? 나는 심한 고독과 혼란을 느꼈습니다.

'배반의 여름'은 박완서 선생님이 1976년에 발표한 작품입니다.
박완서 선생님은 청소년들에게 따뜻한 감동과 함께 성장의 깨달음을 안겨
주는 단편 소설들을 많이 썼는데 이 '배반의 여름'도 그 중 하나입니다.

'배반의 여름'은 소년이 어른으로 성장하며 겪게 되는 마음의 성장통을 뜨
거운 여름날의 풍경 속에 펼쳐 보이고 있습니다. 유년시절의 뜻 모를 두려
움과 세상에 대한 순수한 동경심을 하나하나 깨뜨리며 성숙해 가는 소년의
이야기입니다.

소년은 아버지에게 세 번 배신감을 느낍니다. 소년은 그 때마다 마음속
에서 무언가 와장창 깨지는 소리를 듣습니다. 그리고 소년의 마음은 조금씩
자라납니다.

소년에게 아버지는 든든한 보호자이고 우상이며, 동사에 우상을 깨뜨리
는 존재입니다. 소년이 아버지에게 품는 감정을 따라가 봅시다. 이 소설 속
에서 소년이 느꼈을 혼란과 고독을 이제 청소년으로 자라날 여러분도 공감
할 수 있을 것입니다.

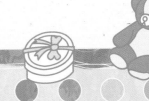

배반의 여름

그 때가 아마 내 나이 일곱 살 때였을 게다. 연년생의 누이동생이 다섯 살 나던 해 여름, 마을 앞을 흐르는 강이랄 것도 없는 개천에 빠져 죽은 다음 해 여름이었으니까.

지금은 신흥 주택가가 되었지만, 그 때만 해도 돼지우리와 돼지우리 비슷하게 생긴 인가가 지독한 똥 냄새를 풍기는 채소밭 사이에 띄엄띄엄 흩어져 있는 시골이면서 인심과 주소만은 서울인 변두리에 우리는 살고 있었다.

마을 앞엔 개천이 있었는데, 채소밭에서 나는 것과 같은 진한 똥 냄새를 풍기며 어디서 어디로 흐르는지 모르게 질펀히 고여서 무수한 장구벌레를 키우고 있었다. 그러나 비가 오면 흐름이 빨라지면서 어른 한 길도 넘게 물이 불어나는 수도 있었다.

누이동생은 장마가 개고 볕볕이 나는 칠월의 어느 날, 거기에 빠져 죽었다.

내 뒤만 졸졸 따라다니는 게 성가셔서 감쪽같이 따돌리고 나서 불과 한 시간도 안 돼서 그 일은 일어났던 것이다.

칠월의 불볕 밑에 마을의 온갖 쓰레기가 버려져 왕벌만 한 **쉬파리**가 붕붕대는 개천가 둔덕 위에 죽은 누이는 내다버린 커다란 스펀지 인형처럼 누워 있었고, 사람의 목소리 같지도 않은 **기성**을 지르며 울부짖는 엄마의 얼굴에선 땀과 눈물과 머리카락이 뒤범벅이 되어 흘러내리고 있었고, 삥 둘러선 마을 사람들은 복날 힘을 모아 개를 두들겨 잡을 때처럼 무시무시하게 무표정했다.

나는 어디로든지 무작정 달아나야지 싶으면서도 한 발짝도 못 움직이고 그 자리에 못 박힌 채 내가 저 스펀지 인형처럼 생명 없는 것의 오빠란 사실이 무서워서 울음을 터뜨렸다.

이 일이 있은 후, 아버지는 엄마가 깜짝 놀랄 만큼의 돈을 들여 나를 어린이 수영 강습회나 하계 캠프 같은 데 참가시켜 주며 수영을 배우기를 바랐지만, 나는 막무가내 뺑소니를 쳤다. 물 밑에는 어느 물 밑에고 내 누이동생의 원혼이 있어 나를 잡아당겨 놓아 주지 않을 것 같았다. 아버지도 내가 수영을 배우게 하는 것을 단념한 것 같았다. ☆ '내'가 물을 무서워하는 것은 동생의 죽음에 대한 죄의식에서 비롯된 것이다.

다음 해 여름 아버지는 해질녘이면 내 손목을 잡고 언덕 너머에 새로 생긴 사립 국민학교로 산보를 가는 일이 잦았다. 언덕 너머는 우리 동네보다 한 발 앞서 아름다운 주택가가 형성되고 사립 국민학교까지 들어서고 그

초등필수
단어장

연년생(年年生) 한 살 터울이 지는 것
장구벌레 모기 애벌레. 몸이 아주 작고 빛깔은 갈색이나 검은색이다. 물속에 살다가 번데기를 거쳐 모기가 된다.
쉬파리 동물의 똥이나 썩은 고기에 모이는 파리. 몸은 어두운 잿빛인데 푸르스름하거나 누런 풀빛 윤기가 난다.
기성(奇聲) 기이한 소리

사립 국민학교 수위하고 아버지는 친구였다.

학교 교정에는 별별 놀이틀이 다 있어 나는 세상 만난 듯이 놀이틀에서 장난을 치고, 아버지는 수위실에서 잡담을 했다.

그 학교엔 놀이틀 말고도 풀이 있었다. 여름 방학에도 풀장만은 개방을 하는 모양으로 늘 물이 충충하게 고여 있었다. 해질 무렵의 풀 속은 깊이를 헤아릴 수 없을 만큼 짙푸른 색을 하고 있었고, 귀신의 감은 머리가 휘감겨 오는 것처럼 음습하고도 냉랭한 바람이 불었다.

나는 될 수 있는 대로 풀 가에는 가지를 않았다. 그 헤아릴 수 없이 충충한 깊이에서 나를 끌어 잡아당기는 힘이 작용하고 있는 것 같은 두려움 때문이었다.

유난히 무더운 어느 날이었다. 거의 어둑어둑해질 때까지 수위실에서 잡담을 하던 아버지가 미끄럼틀까지 나를 데리러 왔다. 심한 장난을 한 뒤라 온몸이 땀으로 끈적끈적했다.

아버지는 등에 찰싹 달라붙은 내 티셔츠를 들추고 통풍을 시켜 주며, "짜아식, 집에 가서 목욕하고 자야겠다."고 했다. 그러고는 내 손목을 잡고 풀장이 있는 데로 갔다. 아버지와 같이라면 풀도 조금쯤은 덜 무서웠다. 아버지는 건장한 몸집과 솥뚜껑 같은 손을 갖고 있었다.

아버지가 풀 가로 걷고 나는 안측으로 걸으면서도 겁이 나서 아버지에게 꼭 매달렸다.

별안간 내 몸이 공중으로 붕 떴다. 나는 비명을 지르면서 아버지에게 엉켜붙었다. 그러나 아버지는 나를 가볍게 털어 냈다. 나는 물속으로 조약돌처럼 풍덩 빠지며 낄낄낄 하는 아버지의 웃음소리를 들었다.

14

얼마 동안을 물속에서 죽을 기를 쓰고 허우적댔는지 모른다. 가까스로 풀장 가의 손잡이를 붙잡고 보니, 어처구니없게도 목 위가 물 밖에 나왔는데도 발이 땅에 닿는 게 아닌가.

그 때까지도 아버지는 허리를 비틀고 낄낄대고 있었다. 마치 웃음이 사례가 들린 것처럼 격렬하고 괴롭게 아버지는 낄낄댔다.

순간, 나는 '아버지가 나를 물에 빠뜨려 죽이려 했구나.' 하고 생각했다. 아버지는 나보다 죽은 누이동생을 더 사랑했고, 그래서 내가 살아남은 게 미워서 나도 누이동생처럼 물에 빠져 죽기를 바랄 수도 있다고 나는 내 추측에다 제법 논리적인 체계를 세웠다.

그것은 지독한 배신감이었다. 아버지뿐 아니라 풀도 나를 배신했다. 늘 헤아릴 길 없이 충충한 깊이로 나를 겁주던 풀이 내 한 길도 안 되는 깊이일 줄이야.

✩ 첫 번째 배반 : 물을 무서워하는 나를 아버지가 풀 속에 빠뜨린다. 나는 아버지에 대한 배신감과 함께 물에 대한 두려움을 극복한다.

배신당한 충격과 분노가 도리어 나에게 수영을 배울 용기가 되었다. 그 해 여름 처음 나는 자진해서 동네 교회당에서 가는 하계 캠프에 참가해서 수영을 익혔다. 처음에는 아버지에 대한 복수심으로 이를 부득부득 갈며 물에 대한 공포감에 도전하다가 어느 틈에 물개처럼 자연스럽게 물과 친해졌다. 아버지에 대한 오해와 앙심도 저절로 풀렸다.

국민학교 이학년 때 우리 집은 갑자기 부자가 되었다. 우리 동네도 언덕 너머 동네처럼 새로운 주택지로 개발이 된다고 땅값이 오른 것이다. 아버지는 옳다구나 남보다 첫발에 돼지우리보다 조금 더 큰 집

토드필수 단어장

충충하다 물이나 빛깔 따위가 맑거나 산뜻하지 못하고 흐리고 침침하다.
사례 삼킨 음식이 숨구멍으로 잘못 들어가서 기침하듯이 캑캑거리는 일
앙심(怏心) 원한이 있어 앙갚음하려고 벼르는 마음
첫발 일이나 행동의 맨 처음 국면

과 채마밭을 팔더니 서울 시내의 벽에 타일이 붙은 집을 사서 이사를 했다. 변소와 부엌에까지 타일이 붙은 집은 너무 으리으리해서 꼭 꿈만 같았다.

그리고 아버지는 취직을 했다. 아아! 아버지는 얼마나 훌륭하고 늠름해진 것일까. 내가 아는 어떤 애의 아버지도 나의 아버지처럼 훌륭하지 않았다. 자기 아버지가 사장이라고, 대령이라고, 교수라고 으스대는 애 아버지도 봐 봤지만, 나의 아버지에 대면 아무것도 아니었다. 나의 아버지에겐 어떤 딴 아버지하고도 안 닮은 훌륭함이 있었다.

나는 나의 아버지 아닌 딴 아버지를 볼 때 하나같이 한 마디로 쪼오다라고 생각했다. 어쩌면 그렇게 세상의 아버지란 아버지는 허약하고 비굴하고 비실비실해 뵈는 쪼오다일까.

나의 아버지만 아니었다면 나는 아예 어른이 되고, 아버지가 되는 일을 면할 수 있는 방법에 공부 대신 몰두했을 것이다. 나에겐 나의 아버지가 있었다. 나는 나의 아버지의 훌륭함을 사랑했고, 자랑스러워했고, 거기 황홀했다.

채마밭을 가꾸며 과수원으로 품팔이를 다니던 아버지는 단단하고 장대한 체구를 가지고 있었다. 든든한 목과, 정직한 눈과, 완강한 턱과, 넓은 가슴과, 대들보 같은 허리와, 길고, 날렵하고, 건강한 다리는 아무하고도 안 닮은 아버지만의 것이었다. 제아무리 보디빌딩으로 단련된 훌륭한 육체도 아버지의 것과 견주면 생귤과 플라스틱 귤을 견주는 것만큼이나 뚜렷한 차이가 났다.

초등필수
단어장

채마밭 채소를 심어 가꾸는 밭
품팔이 돈을 받고 남의 일을 해 주는 것. 또는 그런 사람.
대들보 천장 한가운데를 가로지르는 큰 나무. 지붕을 떠받친다.
보디빌딩(body-building) 역기나 아령 같은 운동 기구로 근육을 발달시켜 몸을 튼튼하게 만드는 일

게다가, 아버지는 아무하고도 안 닮은 아버지만의 복장을 하고 있었다. 그것은 아버지가 취직하고 나서 하루도 안 빼고 입은 옷으로, 아버지의 늠름함을 더욱 돋보이게 하기 위해 재단된, 아버지같이 잘난 사람에게만 허락된 특별한 옷이었다.

그 옷은 여름이나 겨울이나 까마귀처럼 윤택하게 새까맣고 찬란한 금빛 단추가 필요 이상으로 여러 개 달렸고, 소맷부리와 모자에 굵은 금줄을 두른 비상식적이리만큼 화려한 옷이었다. 그런 옷에 의해 압도되지 않고 돋보일 수 있는 사람은 세상에 아버지밖에 없을 것 같았다.

세상에 검은빛과 황금빛의 대비처럼 화려하면서도 장엄한 대비가 또 있을까? 그 옷엔 넥타이 따위는 필요 없었다. 넥타이란 넥타이 빼면 남성으로서 헛것인 쪼오다들이나 맬 것이구나 하는 생각이 그 옷만 보면 저절로 났다.

☆ 다른 쪼오다 아버지들과 다른 내 아버지의 훌륭함을 육체적인 늠름함과 복장에서 찾고 있음을 주목하자.

그 옷을 입은 아버지는 나에게 힘과 권위의 상징처럼 보였다. 그 때 내 밑에는 사내 동생이 둘이 있어서 우리는 아들만 삼 형제였다. 아침에 아버지가 그 옷을 입고 막냇동생의 몸통만 한 새까만 구두를 신고 출근을 할 때면 우리 삼 형제는 일렬로 정렬을 했다. 그리고 내가 늠름하고 훌륭한 우리 아버지에 대한 벅찬 경의와 감동으로써 '차렷', '경롓'을 호령하면 동생들은 엄숙하고도 진지한 내 동작을 그대로 흉내 내 두 발을 모으고 꼿꼿이 서서 오른손을 눈썹 위로 올려붙였다.

그러면 아버지는 고개를 끄덕이고, 보일 듯 말 듯한 미소를 짓고 걸음나비가 넓은 특이한 걸음걸이로 뚜벅뚜벅 걸어 나갔다. 그 보일 듯 말 듯한 미소, 고집스러운 턱의 선이 약간 부드러워지는 정도의 미소에 나는 얼마나 매혹됐던가.

나의 아버지는 자식들이나 아내의 낯간지러운 "빠이빠이." "일찍 들어오셔야 돼요." 따위 소리를 들으며 출근하는 쪼오다 아버지가 아니었다. 나의 아버지는 백만 대군을 사열하는 장군처럼 장엄하게 출근해야 했다.

동생들은 어른들이 "커서 뭐 될래?" 하고 물으면, 하나같이 "아버지가 될래."라고 대답했다. 대통령이나, 장군이나, 사장이나, 그런 게 되겠다는 대답을 기다렸던 어른은 실망을 했고, 그 실망을 이상한 잡소리로 위로하려 들었다. "오메, 요 대가리에 피도 안 마른 쪼오그만 녀석 하는 소리 좀 봐. 뭔 노릇 해서 밥벌이할 것인가가 급하잖구 아새끼 만드는 게 더 급한 줄 아나 베."

동생들이 되겠다는 아버지가, 결코 남자가 여자 만나서 애 낳게 하면 되는 생리적인 아버지가 아니라, 나의 아버지같이 뛰어나게 훌륭한 인격이라는 걸 어른들은 이해하지 못했다.

그 때도 여름이었다. 방학한 지 며칠 안 되는 어느 날, 아버지는 느닷없이 나를 데리고 출근하겠다고 선언했다. 나는 너무 좋아서 펄쩍펄쩍 뛰었다. 그 금빛 찬란한 옷을 입고 수행하는, 이 세상에서 가장 남자다운 훌륭한 일의 현장에 있을 수 있다는 흥분으로 몸도 마음도 마구 뛰었다.

뜻밖에도 엄마가 그건 안 된다고 내 몸을 꽉 붙들었다. 아버지는, "왜 안 돼, 왜 안 된다는 거야." 하면서 나를 빼앗았다. 워낙 힘의 대결에 있어서 엄마는 아버

초등필수
단어장

재단(裁斷) 물건을 만들려고 천이나 나무 같은 재료를 재거나 자르는 것
소맷부리 옷소매에서 손이 나올 수 있게 뚫려 있는 부분
사열(査閱) 부대의 훈련 정도나 사기를 점검하고 살피는 일

지의 적수가 못 되는데다가 아버지에게로 가겠다는 내 힘까지 작용하고 보니 엄마는 검부락지처럼 무력하게 나를 아버지에게 빼앗겼다.

엄마는 나를 빼앗기고 나서도 몇 번 더 안 된다고 부르짖는 것 같았다. 그러나 그 때 이미 나는 아버지에게 손목을 잡힌 채 껑충껑충 신바람이 나서 뛰고 있었다.

아버지와 나는 버스를 탔다. 버스가 달릴수록 우리 동네보다 길도 넓어지고, 집도 커지고, 차와 사람이 많아지는 것 같았다.

나는 우리 동네가 서울 시내인 줄 알았는데 아버지는 넋을 잃고 창밖을 내다보는 나한테, "정신이 없지? 여기가 시내란다." 하고 말을 걸었다. 내가 대답을 안 하자 "짜아식, 촌놈이라 별수 없구나. 질려서 얼이 쑥 빠져 버렸잖아?" 하기도 했다.

무지무지하게 높은 집만 있는 동네에서 버스를 내렸다. 사람이 너무 많아 여기서 아버지를 잃으면 생전 못 찾을 것 같아서 나는 아버지의 손을 더욱 꼭 붙들었다. 문득, 아버지를 따라 나온 게 후회스러워졌다. 몇 년 전 나를 뿌리쳐 풀 속에 팽개쳤듯이 이 엄청난 인파 속에 아버지가 나를 팽개칠지 모른다는 생각이 들기 시작했다.

물속에선 헤엄이라는 거라도 칠 수 있지만, 인파에 빠진 촌놈은 도대체 무엇을 할 수 있단 말인가? 그러나 아버지는 나를 뿌리치지 않았을 뿐더러 더욱 꼭 붙들어 주었다.

칠 층인가 팔 층인가 되는 회색 빛깔의 집 앞에서 아버지는 멎었다.

"여기가 아빠 직장이란다."

큰 집이었지만, 그 근처엔 십 층도 넘는 집이 수두룩해서 나는 가볍게 실망했다.

아버지와 내가 문 앞에 서자 문이 저절로 열렸다. 나는 아버지를 위해 문을 열어 준 시중꾼을 찾아내려고 두리번거렸으나 아무도 찾지를 못했다.

저절로 열리는 문을 들어서자마자 제일 먼저 있는 방으로 아버지가 들어섰다. 그 방은 드나드는 사람을 빤히 살펴볼 수 있는 유리창이 달려 있고, 딱딱한 비닐 의자가 서너 개, 회색 빛 호마이카 테이블과 전화가 있을 뿐인 좁고 살벌한 방이었다.

"게 좀 앉았거라." 하면서 아버지는 모자를 벗고 이마의 땀을 닦았다. 나는 처음으로 '이 여름에 아버지는 저 검은 양복으로 얼마나 더울까?' 하는 생각을 했다.

자동문 밖에 새까만 차가 멎더니 대머리가 까진 키가 작고 넥타이를 맨 쪼오다 티가 더럭더럭 나는 남자가 나타났다. 아버지는 질겁을 해서 뛰어나갔다. 그러더니 꼿꼿이 서서 우리 삼 형제가 매일 아침 아버지한테 하는 것 같은 '경롓'을 그 쪼오다한테 엄숙하게 올려붙이는 것이었다.

나는 너무 놀라서 그 쪼오다가 아버지를 거들떠봤는지, 안 봤는지, 그것을 살필 겨를도 없었다. 승용차는 연달아 자동문 밖에 와서 멎고, 아버지와는 너무도 딴판인, 억수같이 퍼붓는 소나기 속을 물 한 방울 안 맞고 십 리도 가게 생긴 새앙쥐 같은 사내들이 그 속에서 내렸고, 그 때마다 아버지는 경의를 과장한 '경롓'을 올려

초등필수 단어장

검부락지 마른 나뭇가지나 마른 풀, 낙엽 따위를 이르는 말 '검불'의 사투리
인파(人波) '수많은 사람'을 큰 물결에 빗대어 이르는 말
호마이카(Formica) 상품명에서 나온 말로, 가구 따위에 칠하는 합성수지 도료
억수 물을 퍼붓듯이 세차게 내리는 비

붙였다.

넥타이 맨 새앙쥐 같은 사내들은 하나같이 아버지의 존재를 무시하고 점잖게 걸어 들어갔지만, 실은 아버지의 존재를 강렬하게 의식하고 있다는 걸 나는 알 수가 있었다.

아버지의 당당한 거구와 비상식적인 화려한 옷은 실은 아버지의 것이 아니었던 것이다. 넥타이 맨 새앙쥐들의 우월감과 권위 의식을 충족시키기 위한 어릿광대의 의상이었던 것이다.

나는 그제서야 아버지의 방 유리창에 '수위실'이라고 써 있는 걸 읽을 수가 있었다. 그나저나 아버지는 왜 나에게 자기의 어릿광대질을 보여 주려고 했을까? 높은 분의 아침 마중을 끝낸 아버지가 수위실로 들어왔다. 그리고 별안간 낄낄댔다. 웃음이 사레가 들려 더 지독한 웃음이 되어, 아버지의 웃음은 좀체 멎지를 못했다. 그것은 질자배기 깨지는 소리였으며, 동시에 나의 우상이 깨지는 소리였다.

나는 수위실을 뛰어나왔다. 내 앞을 가로막는 문이 다시 스르르 열렸다. 나는 어느 틈에 건물 밖으로 밀려나 있었다. 아버지는 나를 붙들지 않았다. 아니, 또 한 번 팽개쳤던 것이다. 나는 도시의 인파 속에서 몇 년 전 풀 속에서 허위적대듯 허위적댔다. 그리고 풀 속에서 듣던 것과 똑같은 아버지의 웃음소리를 들었고, 풀 속에서처럼 고독했고, 풀 속에서처럼 이를 갈며 아버지에게 앙심을 먹었다.

내가 고등학생이 되자 아버지도 많이 늙었다. 나는 그 나이가 되도록 그런 어릿광대스러운 양복을 입고 수위 노릇을 해야 하는 아버지에게 연

두 번째 배반 : 아버지에게 막연한 동경을 품고 있는 나에게, 아버지는 자신이 하는 일을 보여 줌으로써 그 믿음을 깨뜨리고 더 넓은 세상으로 내몰고 있다.

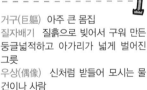

거구(巨軀) 아주 큰 몸집
질자배기 질흙으로 빚어서 구워 만든 둥글넓적하고 아가리가 넓게 벌어진 그릇
우상(偶像) 신처럼 받들어 모시는 물건이나 사람

민을 느낄지언정 양심이 남아 있을 리 없었다.

　나는 아버지를 우상처럼 섬기는 대신 사랑했고, 대신 새로운 우상을 섬기고 있었다. 새로운 우상은 전구라 선생이었다. 내 방에는 전구라 선생의 다섯 권 전질의 전구라 사상 전집이 있었고, 일곱 권 전질의 전구라 수필집이 있었고, 여섯 권 전질의 전구라 문학 전집이 있었고, 열 번도 넘어 읽어 종이가 풀솜처럼 부드러워진 "청소년이여, 야망을 가져라"는 전구라 선생의 청소년을 위한 문집이 있었고, 액자 속엔 전구라 선생의 사진이 있었다.

　전구라 선생이야말로 내 흠모와 동경을 아무리 바쳐도 아깝지 않은 인격이었다. 그는 뛰어난 사상가요 문필가였을 뿐 아니라, 명교수였고, 정치에도 깊은 관심이 있어 높은 관직을 여러 번 거쳤고, 현재도 모 고위층의 막후 인물로 널리 알려져 있었다. 간혹 그런 걸 갖고 그 분의 인격의 옥의 티로 삼으려는 사람도 있었지만, 나는 오히려 그런 것으로 더 그 분을 존경했다. 이론과 행동을 한 몸에 갖춘다는 것, 그건 아무나 할 수 있는 일이 아니기 때문이다. 그 분은 이론과 행동뿐 아니라, 한 몸에 지(知), 정(情), 의(意)가 원만히 조화된 전인이었다.

　그는 "청소년이여, 야망을 가져라"의 서두에서 그의 생애를 지배해 온 세 가지의 정열에 대해 말하고 있다. 그것은 사랑에 대한 동경과, 지식의 탐구와, 고통받고 박해받는 약하고 가난한 이웃들에 대한 참을 수 없을 연민이라는 거였다. 그 대목은 늘 내 정결한 피를 끓게 했다. 그것이야말로 사람이 죽는 날까지 정열을 바칠 가치가 있는 거였다.

　나의 이런 감동을 마음에 맞는 친구에게 나누려고 했을 때, 그 친구는 시들하니 말했다. "야, 야, 웃기지 마라. 그 소리는 전구라가 하기 전에 이미 러셀이 써먹은 소리야."

나는 그 순간부터 그 친구를 경멸했다. 그 소리를 먼저 했느냐 나중 했느냐가 무슨 그리 큰 문젠가? 누가 정말 온몸으로 그렇게 살았나가 문제지. 나는 그의 그 소리가 결코 러셀의 메아리가 아닌 그의 육성임을 믿어 의심치 않았던 것이다.

나는 그의 생애를 지배해 왔다는 세 가지 정열 중, 특히 버림받고 약한 이웃에 대한 연민에 깊이 공감하고 있었다. 노년으로 접어든 근래의 그를 지배하는 것 역시 그 세 번째 정열이라는 걸 나는 알고 있었다.

빼놓지 않고 읽은 그의 글 도처에 이 희생자들에 대한 연민과 이들에게 희생을 강요하는 악에 대한 분노의 괴로움이 진땀처럼 끈끈하게 배어 있었기 때문이다.

나는 그의 저서와 그의 사진이 있는 옹색한 내 방에서 그의 인격을 흠모하며 원대한 꿈을 키웠고, 그의 사상과 이념을 정신의 지주로 삼아 면학에 힘썼다.

어느 무더운 여름날이었다. 나는 더위를 무릅쓰고 교과서와 씨름하고 있었다. 친구들은 산으로, 바다로 바캉스를 떠났지만, 나는 조금도 그들이 부럽지 않았다. 친구들이 살을 태우고, 기타를 치고, 고고를 추고, 여학생을 꼬드길 동안 나는 내 내면에 보화를 축적하고 있다는 자부심이 있었다.

아버지가 내 방으로 들어왔다. 좀처럼 없는 일이었다. 비좁은 방을 아버지의 거구가 가득 채우니까 숨이 막혔다. 나는 아버지가 빨리 나가 주길 바랐다. 더위 때문만은 아니었다.

아버지는 마치 벽에 걸린 전구라 선생의 사진에 이끌려서 들어온 것처럼 그것만 바라보면서 나갈 척도 안 했고, 나는 아무리 내 아버지지만 전구라 선생을 그런 시선으로 바라보는 걸 참을 수 없었다.

아버지는 아마 그 사진이 내 또래의 고등학생이 흔히 좋아하는 가수나 배우의 사진인 줄 아는 모양이었다. 그럴 법도 했다. 내가 걸어 놓고 있는 사진은 전구라 선생의 저서에서 떼어낸 사진으로 근영이 아니라 젊었을 적의 사진으로 상당한 미남이었으니까.

아버지는 배우, 가수를 통틀어 딴따라라 불렀고, 무슨 근거로 그러는지 딴따라를 자기만 못한 유일한 직업으로 알고 경멸하는 버릇이 있었다. 젊은 애들 생각을 거의 무조건 추종하는 아버지였지만, 그 낡은 생각만은 못 버리고 있었다.

틀림없었다. 아버지는 전구라 선생을 딴따라로 알고 있었다. 그렇지 않고서야 저다지도 심한 경멸과 천대의 시선으로 바라볼 까닭이 없었다.

나는 그 사진이 딴따라 사진이 아니란 걸 설명하기 전에 우선 그 사진을 모독으로부터 지키고 싶었다. 나는 그 사진과 아버지 사이를 가로막고 섰다.

"비켜! 인석아. 신성한 공부방에 저따

위 사진을 붙여 놓고 공부가 될 성싶으냐, 인석아."

"아버지, 이 분은 딴따라가 아녜요."

"알아, 인석아. 저 작자가 딴따라만도 못한 작자라는 걸."

딴따라만도 못한 작자라니, 나는 화끈한 분노를 느꼈고, 아버지 역시 나만 못지않은 분노에 떨고 있다는 걸 알 수 있었으나, 그 분노를 이해할 수는 없었다.

"아버지, 말조심하세요. 이 분은……."

"알아. 그 작자 전구라 아니냐?"

"아니, 아버지가 어떻게 이 분을……."

"왜? 아버진 그 작자 좀 알면 안 되냐? 한땐 그 작자가 아버지 발밑에 엎드려 살려 달라고 싹싹 빈 적이 있었느니라."

아버지는 어느 틈에 분노를 가라앉히고 있었고, 싱글싱글 입가에 웃음마저 감돌고 있었고, 길게 얘기하고 싶은 모양으로 이불 개켜 놓은 걸 의자 삼아 편한 자세를 취하고 있었다.

알고 나면 더 재밌어요!

소년에게 아버지란?
이 소설 속의 '내'가 어떤 순간에 아버지에게 배신감을 느끼는지 잘 살펴보자. 아버지는, '내'가 스스로 가둬 놓은 작은 울타리를 깨고 나오도록 떠밀고 있다. 그럴 때마다 '나'는 배반당하고 팽개쳐진다고 생각한다. 소년에게 아버지는 세상을 알게 해 주는 존재이며, 동시에 소년이 넘어서야 하는 존재이다. 아버지는 자신을 희생하여 소년을 성장시키는 존재이기도 하다.

나는 어떤 예감으로 가슴이 고통스럽게 죄어 왔다. 그건 아버지가 또 한 번 낄낄거릴 것 같은 예감이었다. 나를 풀 속으로 팽개치고 나서, 또 자동문 밖으로 팽개치고 나서 낄낄대던 그 기분 나쁜 웃음을 뱃속 가득히 품고 있는 얼굴로 아버지는 나를 쳐다보고 있었다.

"그, 그럴 리가요? 아버진 뭔가 잘못 알고 계신 겁니다."

나는 허위적대듯이 가까스로 말했다.

"인석아, 서둘지 말고 남의 말을 좀 들어 봐."

아버지는 밉살머리스럽도록 유들유들했다.

"너도 알지? 우리가 저 녹번리 지나 구파발 살 때 놀러 다니던 사립 국민학교 수위 아저씨 말야. 그 사람 좋은 장씨 아저씨 생각나지? 우리가 지금 집으로 이사 오고 나서 몇 년 있다 일어난 일인데, 어느 날 그 아저씨가 얼굴이 사색이 돼 가지고 우리 집으로 돈을 꾸러 왔지 않겠니? 그 아저씨 장가든 지 십 년이 넘도록 애가 없어서 이제 영 못 낳겠거니 하고 있던 차에 마누라가 애를 배게 되어 세상에 자기 혼자서만 애아범 되는 것처럼 열 달 내내 싱글벙글 입을 헤벌리고 산 것까지는 좋았는데, 막상 달이 차고 나서도 배만 들입다 아프지 그 빌어먹을 놈의 아새끼가 나와야 말이지. 산모, 장모, 애아범이 합세를 해서 이빨이 다 근덩근덩하도록 안간힘을 써도 이 놈의 아새끼는 안 나오고 산모는 그만 숨이 넘어가려고 하더란 말이야. 그제서야 부랴부랴 병원으로 데리고 갔더니 한시바삐 수술을 안 하면 산모고 아기고 다 가망 없다고 하더라지 뭐냐. 이 친구, 어서 수술을 해 달라고 의사한테 애걸을 하고는 나한테 수술비를 꾸러 달려왔더라. 나도 온 집 안에 있는 돈을 다 긁어모아 봐도 택도 없고, 생각다 못해 구파발 땅 판 돈에서 집 사고 남은 걸 장사하는 친구한테 주어 가지고 이자 몇 푼씩 받는 돈이라도 달래 볼까 해서 장씨 아저씨를 앞세우고 나섰지 뭐냐? 그런데 그 때만 해도 택시 요금이 어찌나 싼지 어중이떠중이 택시 아니면 요기서 조기도 못 가는

초등필수
단어장

유들유들하다 부끄러워하지
않고 뻔뻔한 데가 있다.
사색(死色) 놀라거나 아프거
나 해서 하얗게 질린 얼굴빛

줄 알던 때라 엔간한 재주 갖곤 당최 택시를 잡을 수가 있어야지. 참 환장하겠더라. 어쩌다 빈 택시가 오면 열 명 스무 명 달려드는데, 하여튼 그 땐 재빨리 손잡이를 잡고 뛰는 놈이 임자였으니까. 별수 있니, 내가 차도로 나섰지. 손님이 내릴 듯이 속도를 늦추기 시작하는 택시 손잡이를 잡고 무작정 뛰었지. 거진 버스 한 정거장 거리는 되게 뛰고 나서 정말 택시가 서고 손님이 내리더라. 나는 우선 장씨 아저씨를 찾았다. 이 친구 고꾸라질 듯 고꾸라질 듯하면서도 잘 뛰어오더군. 근데 그 사이에 어떤 작자가 그야말로 꼭 새앙쥐같이 내 겨드랑 밑으로 쏙 빠지더니 택시 속에 들어앉는 거야. 그러더니 '운전사, 갑시다.' 하며 제법 점잔을 떨잖아. 나나 장씨 아저씨나 눈에서 불이 안 나게 생겼냐 말이다. 그래도 우린 애걸을 했다. 통사정을 하면서 말이다. 근데 이 새앙쥐 같은 작자가 뭐랬는 줄 아니? 우리한테는 아예 대꾸도 안 하고 운전사한테, '어서 가잖구 뭘 하고 있어, 택시는 먼저 타는 게 임자야.' 글쎄 이러더란 말야. 나는 암말 안 하고 이 새앙쥐 같은 작자를 내 이 단 두 손가락으로 끄집어냈지. 젓가락으로 간장 종지에 빠진 파리 집어내기보다 더 쉽더라니까. 근데 이 작자가 별안간 계집이나 지를 것 같은 비명을 지르더니 길바닥에 나자빠지는 거야. 그러더니 어디 대령하고 있었다는 듯이 순경이 달려오고 우린 어느 틈에 폭력 사범이 되어 있더란 말야. 장씨 아저씨가 자기가 쳤다고 순순히 폭력 사실을 인정해서 난 곧 풀려났지. 뭐? 인석아, 내가 비겁하다구? 원 녀석도 눈치가 그렇게 없냐? 내가 우선 풀려나야 돈을 돌려다가 수술을 시켜서 산모고 아이고 살릴 거 아냐? 나는 그까짓 장씨 아저씨야 어찌 되든 간에 걸음아 날 살려라 그 자리를 비켜나 장사하는 친구네로 가서 돈을 마련해 가지고 병원으로 갔지. 그래도 병원 하나는 잘 만나 수술비도 내기 전에 수술을 해서 산모와 아기가 다 목숨을 건졌더라. 게다가, 아이가 아들이야. 한숨 돌리고 경찰서로 달려갔더니, 맙소사 그 새앙쥐한테 삼 주일의 <mark>상해</mark> 진단서가 떨어지고 장씨 아저씬 유치장이야. 그 새앙쥐가 고소를 <mark>취하</mark>하지 않는 한 재판받고 실형이 선고되기가 십중팔구라지 뭐니? 그 녀석 지지리도 복도 없는 놈이지, 장가가고 십사 년 만에 첫아들 보는 날 유치장엘 들어가다니 별수 없더구나. 그래서 솔직히 털어놓았지. 실상은 내가 그 새앙쥐에게 상해를 입힌 장본인이라구. 그러나 이미 장씨 아저씨가 범인이 되어 있는 게 엿장수 마음대로 번복될 수 있는 게 아니더라. 방법은 딱 하나, 그 새앙쥐가 고소를 취하하는 방법밖에 없다는 거야. 나는 거의 매일같이 그 새앙쥐네를 드나들며 갖은 구차한 통사정을 다 하고 제발 우리 불쌍한 친구를 위해 자비를 베풀어 달라고 애걸을 했다. 그 새앙쥐, 해 놓고 살기도 으리으리하게 해 놓고 살더라만, 거만하긴 또 어찌나 거만한지. 나는 그 때서야 그가 만만치 않은 <mark>세도가</mark>인 걸 알았지. 그는 내 애걸을 듣는 즉시 나를 거들떠도 안 보고 경찰서 누구누구, 검찰청 누구누구에다 대고 전화를 거는 거야. 여보게, 내 차가 <mark>보링</mark>하러 간 사이 생전 처음 택시를 이용하려다 내가 이만저만한 봉변을 당했으니 그 놈은 중벌로 다스려 줘야겠네. <mark>추상</mark> 같은 법의 맛을 보여 줘야겠네. 이런 따위 전화 말야. 정말 미치고 환장하겠더라. 그런데 사람이 아주 죽으란 법

초등필수
단어장

종지 간장, 고추장, 된장 들을 담아서 밥상에 놓는 작은 그릇
상해(傷害) 남을 다치게 하는 것
취하(取下) 법원에 낸 소송, 고소 들을 취소하는 것
세도가(勢道家) 정치권력을 휘두르는 사람 또는 집안
보링(boring) 자동차 용어로, 엔진이 오래되어 성능이 저하될 때 성능을 끌어올리기 위해 하는 실린더 정비 작업
추상(秋霜) 가을의 찬 서리

은 없다구, 내가 그 놈에게 고소를 취하시키든지, 그 놈을 쳐 죽이든지 둘 중의 하나를 해야겠다는 비상한 각오로 간 날, 실로 요절복통한 일로 사건이 거꾸로 됐지 뭐냐? 나는 어떡하든 살인죄는 안 범하려고 덮어놓고 그 새앙쥐에게 손이 발이 되도록 빌고 또 빌었지. 새앙쥐는 끄덕도 안 하더군. 그러다가 나는 별안간 그 집 재떨이를 내 주머니에다 털어놓고 가가대소를 하며 일어섰지. 그 놈이 새파랗게 질리면서 내 바짓가랑이를 붙들고 늘어지더군. 재떨이에 뭐가 있었냐구? 인석아, 재떨이에 뭐가 있긴, 꽁초가 있었지. 그 새앙쥐는 그 때 켄트를 피우고 있었고, 그 때 한창 양담배 단속이 심할 때였거든. 신분의 고하를 막론하고 양담배를 피는 걸 들키면 오백만 원의 벌금을 물린다고 엄포를 놓을

때였으니까. 세상에 그 거만하던 새앙쥐가 일 초 간격으로 그렇게 비굴해질 수 있을까? 알고 보니 거만과 비굴은 종이 한 겹 사이도 안 되더라. 그 새앙쥐 내 바짓가랑이를 붙들고 뭐라더라. 응, 빠다제로 합시다. 이러더군. 빠다제가 뭔 소린지 알아들을 수가 있어야 말이지. 나는 아

암, 켄트 피는 양반이니까 미제 빠다도 잡수셨겠지 어쩌구 하며 방바닥에 있는 그 작자의 켄트 갑까지 얼른 내 호주머니에 집어넣었지. 그 작자 떨리는 음성으로 그게 아니구 켄트 꽁초하고, 고소 취하장하고 맞바꾸자고 하더군. 나는 얼씨구 고소 취하장에 도장 받고, 그래도 부족한 것 같아 전화로 높은 사람한테 고소 취하의 뜻까지 밝히게 하고, 그제서야 주머니를 뒤집어 꽁초를 훌훌 털어 내고 나왔지. 꽁초도 미제 꽁초가 참 좋긴 좋더구나. 말이 꽁초지 끝만 조금씩 그슬린 장대 같은 꽁초였지만 말이

다. 그 후 장씨 아저씨는 제꺼덕 풀려나서 아들 생면하고 마누라 붙들고 울먹이고 그랬지 뭐. 그 새앙쥐가 누구냐고? 원, 녀석도 그걸 몰라서 물어? 바로 전구라였다, 이 말이야."

　　그러더니 아버지는 허리를 비틀면서 낄낄대기 시작했다.

　　낄낄낄, 낄낄낄, 낄낄은 연방 사레가 들리면서 새로운 낄낄낄

을 불러일으켜 격렬하고 고통스러운 웃음은 좀처럼 끝나지를 않았다.

나는 한꺼번에 여러 개의 질자배기가 깨지는 것 같은 웃음소리를 들으며 서 있는 땅이 자꾸 어디로 가라앉고 있는 것처럼 허전해진 채 허우적댔다. ☆ 세 번째 배반 : 지성과 인격의 모범이라 여겨 존경하고 따르던 친구라의 실제를 알게 되면서, '내'가 믿고 있던 세상으로부터 배반당함.

아버지가 나를 풀 속으로 팽개쳤을 때 허우적대다 땅바닥을 딛기까지는 순식간이었고, 아버지가 자신의 우상을 스스로 깨뜨리고 나를 자동문 밖으로 팽개쳤을 때 허우적대다가 설 자리를 찾기까지는 꽤 오랜 시간이 걸렸었다.

그러나 지금의 이 허우적거림에서 설 자리를 찾고 바로 서기까지는 좀 더 오랜 시일이 걸릴 것 같다. 어쩌면 내가 외부에서 찾던 진정한 늠름함, 진정한 남아다움을 앞으론 내 내부에서 키우지 않는 한 그건 영원히 불가능한 채 다만 허우적거림만이 있었는지도 모르겠다.

내 홀로 늠름해지기란, 아……. 아, 그건 얼마나 고되고도 고독한 잡업이 될 것인가?

나는 고독했다. 아버지의 낄낄낄이 내 고독을 더욱 모질게 채찍질했다.

34

짧은 글 짓기

1 연년생
2 첫밭
3 옹색하다
4 면학
5 추상

이해력을 길러요

1 이 소설의 내용을 정리해 봅시다. '내'가 성장하며 겪은 세 가지 배반은 무엇이었나요?

누이동생이 개천에 빠져 죽자 나는 죄의식으로 인해 물을 무서워하게 되었다. 그런 나를 아버지가 물속에 빠뜨렸다.	첫 번째 배반
	두 번째 배반
	세 번째 배반

2 '나'는 두 번째 사건을 겪으며 아버지에 대해 어떤 마음을 품었나요? 그리고 자라나면서 그 마음이 어떻게 변화하였는지, 다음 괄호 안을 채워 봅시다.

> 나는 도시의 인파 속에서 몇 년 전 풀 속에서 허위적대듯 허위적댔다. 그리고 풀 속에서 듣던 것과 똑같은 아버지의 웃음소리를 들었고, 풀 속에서처럼 고독했고, 풀 속에서처럼 이를 갈며 아버지에게 (   )을 먹었다.
> 내가 고등학생이 되자 아버지도 많이 늙었다. 나는 그 나이가 되도록 그런 어릿광대스러운 양복을 입고 수위 노릇을 해야 하는 아버지에게 (   )을 느낄지언정 앙심이 남아 있을 리 없었다.

사고력을 길러요

1 다음 구절을 보며 '내'가 아버지에게 느끼는 감정이 어떠한지 생각해 봅시다.

> • 별안간 내 몸이 공중으로 붕 떴다. 나는 비명을 지르면서 아버지에게 엉켜붙었다. 그러나 아버지는 나를 가볍게 털어 냈다.
>
> • 나는 수위실을 뛰어나왔다. 내 앞을 가로막는 문이 다시 스르르 열렸다. 나는 어느 틈에 건물 밖으로 밀려나 있었다. 아버지는 나를 붙들지 않았다. 아니, 또 한 번 팽개쳤던 것이다.

2 아버지가 전구라의 실체를 말해 주었을 때 '내'가 "서 있는 땅이 자꾸 어디로 가라앉고 있는 것처럼 허전해진 채 허우적"댄 이유는 무엇인가요?

3 이 소설의 제목이 '배반의 여름'인 이유를 말해 봅시다.

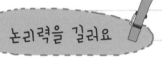

논리력을 길러요

1 이 소설의 끝부분에 나오는 '내 홀로 늠름해지기'란 어떤 것인지 각자의 생각을 말해 보세요.

> 어쩌면 내가 외부에서 찾던 진정한 늠름함, 진정한 남아다움을 앞으론 내 내부에서 키우지 않는 한 그건 영원히 불가능한 채 다만 허우적거림만이 있었는지도 모르겠다. 내 홀로 늠름해지기란, 아……. 아, 그건 얼마나 고되고도 고독한 잡업이 될 것인가?

2 이 소설에서 주인공이 겪은 일과 생각을 나의 경우로 확대해 봅시다. 여러분은 이와 비슷한 성장통을 경험한 적이 있나요? 그것이 준 상실감과 깨달음을 담은 한 편의 글을 써 보세요.

고무신

오영수
1914~1979

지은이를
알아 보아요!

오영수 선생님은 경상남도 울산에서 태어나 어려서는 한학을 배우고 일본으로 건너가 오사카 나니와 중학교와 도쿄 국민예술원을 졸업하였습니다.

광복 후 경남여고에서 교사 생활을 하다가 1949년에 〈남이와 엿장수〉를, 다음 해에 〈머루〉를 세상에 내놓았습니다. 그 후 본격적인 창작 활동으로 〈화산댁이〉, 〈갯마을〉, 〈메아리〉, 〈은냇골 이야기〉, 〈요람기〉 등의 많은 작품을 남겼습니다.

오영수 선생님이 일관되게 소설에 담아낸 것은 토속적인 건강한 삶과 아련한 동심의 세계, 따뜻한 인간애였습니다.

바닷가 산기슭에 있는 조용한 마을에, 아이들에게 가장 반가운 손님은 매일 찾아오는 젊은 엿장수였습니다.

어린 영이와 윤이는 그 엿이 먹고 싶어서 그만 식모 누나인 남이가 아끼는 고무신을 엿장수에게 팔아 버렸습니다. 남이는 단단히 화가 나서 엿장수에게 고무신을 내놓으라고 우겼습니다. 엿장수는 웬일인지 남이의 말에 고분고분하였지요.

그 후로 엿장수는 마을에 더 자주 나타나고, 영이와 윤이에게 엿을 한 가락씩 쥐여 주기도 하였습니다.

그러던 어느 날 남이의 아버지가 찾아와 남이를 데려가겠다고 하였습니다. 남이는 어디서 났는지 모를 새 고무신을 신고 아버지를 따라 마을을 떠나갔습니다.

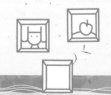

이 소설의 작가인 오영수 선생님은 주로 자연 속에서 순박하고 따뜻하게 살아가는 사람들의 이야기를 소설에 담았습니다. 이 소설 '고무신'이 오영수 선생님의 첫 작품입니다. 처음 이 소설이 신춘문예에 당선될 때는 '남이와 엿장수'라는 제목이었습니다.

그 제목대로 이 소설은 남이와 엿장수의 사랑 이야기입니다. 어느 가난한 시골 마을에서 아련하게 펼쳐지는 동화 같은 사랑 이야기이지요.

조용한 마을에 엿장수가 찾아오면 아이들은 그 옆으로 몰려들어 달콤한 엿가락을 구경합니다. 그러나 아이들은 엿을 바꿔 먹을 수 있는 고물이나 헌 옷 찾기도 쉽지 않았지요. 그래도 아이들은 매일 엿판을 둘러싸고 구경하는 것만으로도 마음이 흐뭇했습니다.

어쩌면 이 소설 '고무신'은 남이와 엿장수보다 이런 아련한 동심과 평화로운 시골 풍경이 주인공인지도 모릅니다. 오영수 선생님은 다음 작품들에서도 이렇게 사람의 마음을 위로하고 따뜻하게 감싸 주는 단편 소설들을 꾸준히 쓰셨답니다.

고무신

보리밭 이랑에 모이를 줍는 낮닭 울음만이 이따금씩 들려오는 고요한 이 마을에도 올봄 접어들어 안타까운 이별이 있었다.

바다와 시가지 일부가 한꺼번에 내다보이는, 지대가 높고 귀환 동포가 누더기처럼 살고 있는 산기슭 마을이었다. 그렇기에 마을 사람들은 철수 내외와 같이 가난뱅이 월급쟁이가 아니면 대개가 그날그날의 날품팔이이다.

밤이면 모여들고 날이 새면 일터로 나가기가 바빴다. 다만 어린아이들만이 마을 앞 양지바른 담 밑에 모여 윤선이 오고 가는 바다를 바라보고, 윤선도 보이지 않는 날은 무료에 지쳐 버린다.

그러나 이 단조한 마을, 무료한 아이들에게도 단 하나의 즐거움은 있었다. 그것은 날마다 단골로 찾아오는 젊은 엿장수였다.

날품팔이 그날그날 돈을 받고
일을 하는 것. 또는 그런 사람.
윤선(輪船) 수레바퀴 모양의
추진기를 단 배
무료(無聊) 흥미 있는 일이 없
어 심심하고 지루함

40

내려다보이는 아랫마을을 거쳐, 보리밭 사잇길로 이 마을을 향해 올라오는 엿장수는 가위를 째깍거리면서,

"자아 엿이야, 엿— 맛 좋고 빛 좋은 울릉도 호박엿— 처녀가 먹으면 시집을 가고 총각이 먹으면 장가를 들고……."

언제나 귀 익은 타령이건만 이 마을 아이들에게는 언제나 새롭고 즐겁고 또 신이 나는 넋두리였다.

엿장수가 마을 앞까지 채 오기도 전에 아이들은 벌써 길목에 쭉 모여서서 개선장군이나 맞이하듯 기다리고 섰다.

그러면 엿장수는 더 한층 가위 소리를 째깍거리고 길목 돌 위에다 엿판을 턱 내려놓고는 '자! 어떠냐?' 하는 듯이 맛보기를 주면 아이들은 서로 다퉈 담을 치고 들여다본다. 그러나 막상 엿을 사 먹는 아이는 좀

⭐마치 담을 쌓은 듯 아이들이 엿판 주위를 빙 둘러싼 모양

체 보이지 않고, 혹 떨어진 고무신짝이나 가지고 와서 바꿔 먹는 아이가 없지는 않으나 그것도 매일같이 있을 리는 없다. 아이들은 사 먹지는 못할망정 보기만 해도 좋았다. 그 뽀얗게 밀가루를 쓴 엿가락이 가지런히 누워 있는 엿판을 들여다보고 있을 양이면 저절로 입에 군침이 괴고 마음까지 흐뭇해지는 것이었다.

이 마을 아이들에게 있어 엿장수의 존재는 커다란 매력이었다. 이 마을 아이들에게는 세상에서 가장 부러운 것이 엿장수였을는지도 모른다.

철수가 막 저녁 밥상을 받자, 그보다 먼저 저녁을 먹은 여섯 살짜리 영이와 네 살짜리 윤이 놈이 상머리에 와 앉는다. 영이 놈이 시무룩한 상을 하고 누가 묻기나 한 듯이,

"어머닌 외가 갔어!"

한다. 즉, 저희들을 안 데리고 갔다는 불평인 눈치다. 이런 때 저희들을 동정하는 눈치를 보이기만 하면 투

알고 나면 더 재밌어요!

엿장수를 아시나요?

옛날에 엿장수는 엿이 담긴 목판에 천을 둘러서 목에 감고, 한 손에는 큼직한 가위를 들고 짤깍짤깍 소리를 내며 다녔다. 엿장수가 동네에 나타나면 사람들은 곡식이나 못 쓰는 물건들을 가져가 엿으로 바꿔 먹었다. 엿장수의 가위는 엿을 쳐서 떼어 내는 데도 쓰였다. 이런 엿장수를 조선 시대부터 1970년대까지도 마을 마을에서 흔히 볼 수 있었는데, 가끔 아이들이 쓸 만한 물건을 엿 바꿔 먹다가 엄마에게 혼나는 것도 흔한 광경이었다.

정을 부리는 줄 알기 때문에 철수는 시치미를 딱 떼고,

"흐음!"

했을 뿐 더는 대꾸를 않았다.

윤이는 밥술 오르내리는 것만 하염없이 바라보고 있는데, 영이는 제 말한 것이 아무 반응이 없어 **계면쩍이** 앉았다가 갑자기 생각난 듯이 앉은걸음으로 한 걸음 앞으로 다가앉으면서,

"아부지!"

하고는 채 대답도 듣기 전에,

"아지마가 오늘 윤이 때리고 날 꼬집고 했어!"

한다. 철수는 밥을 씹다 말고,

"응, 정말?"

"그래!"

하고는 팔을 걷어 보이나 꼬집힌 흔적은 보이지 않았다.

그러자 작은놈도 밑이 타진 바지를 젖히고 볼기짝을 가리키면서,

"에게, 에게, 때려……."

하는 것을 보아 거짓말은 아닌 것 같다. 의외의 일이었다.

그것은 식모 아이 분수로서 함부로 애들을 때리고 꼬집었다든가 하는 무슨 **명분**을 가려서가 아니라, 남이가 이 집에 온 이후 오늘까지 한 번이라도 애들에게 **손찌검**을 하거나 또 했다거나 하는 것을 보지도 듣지도 못했기 때문이었다.

만일 남이가 저희들 말과 같이 때리고 꼬집기까지

개선장군(凱旋將軍) 싸움에서 이기고 돌아온 장군
외가(外家) 어머니의 친정
계면쩍이 쑥스럽거나 미안하여 어색하게
명분(名分) 사람으로서 저마다 지켜야 할 도리
손찌검 손으로 남을 때리는 짓

했을 때는 이만저만한 일로써가 아니리라.

"그래, 왜 아지마가 때리고 꼬집더냐?"

"……."

"응?"

"……."

한 놈도 대답이 없다.

철수는 부엌에서 저녁 설거지를 하고 있는 남이를 불렀다. 남이 역시

대답이 없다. 대답은 없으나 마루께로 걸어오는 발자국 소리는 들린다.
부엌에서 할 대답을 방문을 열고서야,

"예!"

하는 남이의 태도도 역시 여느 때와는 다르다.

철수는 부드러운 목소리로,

"오늘 왜 윤이를 때리고 영이를 꼬집었냐?"

"……."

"아니, 때리고 꼬집은 것을 나무람이 아니라, 애들이 무슨 저지레를
했느냐 말이다."

그제서야 남이는 옆눈으로 영이와 윤이를 한 번 흘겨보고는,

"오늘 뒤 개울에 빨래를 간 새, 영이와 윤이가 제 고무신을 들어다
엿을 바꿔 먹었어요."

어이없는 소리다. 철수는,

"뭣이 어쩌고 어째?"

하고는 밥술을 걸쳐 놓고 남이에게로 돌아앉으면서,

"아니 그래, 넌 빨래 갈 때 신을 벗고 갔더냐?"

"아니요."

"그럼?"

"집에서 신는 헌 신 말고요, 옥색 신을요."

철수는 또 한 번 놀라지 않을 수 없었다.

"응, 옥색 신이다?"

"예."

저지레 일이나 물건에 문
제가 생기게 만들어 그르
치는 일

이 옥색 고무신으로 말하면, 바로 작년 팔월 대목이었다. 철수가 남이더러 추석치레로 뭣을 해 주면 좋으냐고 물었을 때, 남이는 옥색 바탕에 흰 테두리 한 고무신이 소원이라고 했다. 옷은 작년에 지어 둔 것이 있다는 말을 철수는 그의 아내에게서 들었기 때문에, 한껏 해야 크림이나 한 통 사 줄 생각으로 말한 것이 의외에도 옥색 고무신이라는데는 철수도 당황하지 않을 수 없었다. 그러나 한 번 해 준다고 한 이상 과하니 어쩌니 할 수도 없고 해서 좀 무리를 해서 일금 삼백육십 원을 주고 사 줬던 것이다. 남이는 무척 기뻐했고 그만큼 또 그 신을 아꼈다. 제가 쓰는 궤짝 속에 감춰 두고 특별한 출입—이를테면 명절날이나, 또는 심부름 갈 때나, 학교 운동회 때—이 아니면 좀체 신질 않았고, 또 한 번 신기만 하면 기어코 비누로 씻고 닦고 했다. 그렇기에 신어서 닳기보다 닦아서 닳는 것이 더했으리라. 그렇듯 골똘히도 아끼는 신이었으니 남이인들 여간 속이 상했기에 때리고 꼬집었을까.

"그래, 그 신을 어디다 뒀길래?"

"마루 끝에 엎어 둔 걸요."

"왜 마루 끝에 뒀니?"

"씻어서 말린다고요."

철수는 한숨을 내쉬며 영이와 윤이를 돌아보니 영이 놈은 맹꽁이처럼 부르켜 가지고 한결같이 고개를 숙이고 있고, 윤이 놈은 밥상을 노려만 보고 앉았다.

★ 부르터 가지고

남이는 또 말을 계속했다.

"지가 빨래를 해 가지고 오니 골목에서 영이와 윤이가 엿을 먹고 있

46

기에 웬 엿이냐니까 싱글싱글 웃기만 하고 달아나는데, 이웃 아이들 말이 옆집 순이가 헌 고무신 한 짝을 갖고 와서 엿을 바꿔 먹는 것을 보고 윤이가 집으로 들어가서 신 한 짝을 들고 나와 엿장수에게 팽개치다시피 하고 엿을 바꿔 가지고 갔는데, 조금 뒤에 영이가 또 한 짝을 마저 갖다 주고 엿을 바꿨대요."

남이가 말을 마치자마자 영이는 눈을 **해뜩거리면서**,

"지가 와 그래, 와 좀 안 주노, 와?"

하는 것은 윤이가 엿을 바꿔 나눠 먹지 않기에 저도 그랬다는 뜻이다.

이러는 동안 윤이는 밥상에 얹힌 계란부침을 먹어 버렸다.

"그래, 그 엿장수는 어느 놈인데?"

"매일 단골로 오는……."

"머리 텁수룩하고 젊은 총각 놈 말이지? 음……."

철수는 밥상을 내밀었다. 남이는 남이대로,

"이 놈의 엿장수 오기만 와 봐라!"

하고 벼르면서 밥상을 내갔다. 영이 놈도 슬며시 일어나서 윤이 옆에 가서 잘 작정을 한다. 부엌에서는 남이가 엿장수에 대한 앙갚음을 하는 셈인지 솥전에 바가지 **닥뜨리는** 소리가 요란하다. 철수는,

"얘, 남아. 신을 도로 찾아 주든지 아니면 새로 사 주든지 할 테니 바가지 너무 닥뜨리지 말고 그릇 조심해라."

그리고는 담배를 붙여 물었다.

대목 명절 같은 특별한 날을 앞두고 물건이 많이 팔리는 때
추석치레 추석을 치러 내는 일. 여기서는 '추석에 선물하는 것'을 가리킨다.
일금(一金) 돈의 액수를 나타내는 말 앞에 붙여 '전부의 돈'이라는 의미로 쓰이는 말
맹꽁이 낮에는 땅속에 있다가 밤에 나와서 벌레를 잡아먹는 동물. 개구리와 비슷하게 생겼는데 좀 더 뚱뚱하고 물갈퀴가 없다.
해뜩거리다 눈알을 깜찍하게 뒤집으며 살짝살짝 자꾸 곁눈질을 하다.
닥뜨리다 어떤 사물에 부딪다.

그러나 세상이 도둑 판이고, 따라서 요즘 엿장수란 엿 파는 빙자로 빈집을 노려 요강, 대야를 훔쳐 가기가 예사고 심지어는 빨래까지 걷어 가는 판인데, 신으로 말하면 도둑질해 간 것도 아닌 이상 그 놈을 잡고 힐난을 한댔자 쉽사리 찾아질 것 같지도 않았다.

영이와 윤이는 어느새 잠이 들었다. 웃옷을 벗기고 베개를 베어 주고 철수도 옷을 갈아입고 자리에 누웠다.

밖은 물기 먹은 초열흘 달이 희붓한데, 남이는 설거지를 마쳤는지 부엌은 조용하다. 어디서 아낙네들의 웃음소리가 먼 듯 가까운 듯 들려오고 밤은 간지럽게 깊어 갔다.

남이가 세숫대야에 걸레랑 헌 양말이랑 담아 옆에 끼고 막 대문 밖을 나서는데 엿장수의 가위 소리가 들려왔다. 엿장수는 마을 중턱 보리밭 사잇길을 올라오고 있었다. 남이는 대문 설주에 몸을 붙이고 엿장수를 기다렸다. 엿장수는 마을 앞에 오자 한층 더 목청을 높여,

"자아, 떨어진 고무신이나 백철 부서진 거나 삼베 속곳 떨어진 거나……. 째깍째깍."

그러자 남이는,

"저 놈의 엿장수 미쳤는가 베!"

하고 입속말로 중얼거렸고, 마을 아이들은 어느새 엿장수를 둘러쌌다.

엿장수가 엿판을 길목에 내리자 남이는 가시처럼 꼭 찌르는 소리로,

"보소!"

엿장수는 놀란 듯 힐끗 한 번 돌아보고는 담을 싼 아이들을 헤치고 남이에게로 오는데 남이는 입을 쌜쭉하면서 대뜸,

48

"내 신 내놓소!"

했다. 엿장수는 걸음을 멈추고 한참 동안 남이를 바라보다 말고 은근한 말투로,

"신은 웬 신요?"

하고는 상대편에 의심을 받을 만큼 히죽이 웃어 보이자, 남이는 눈을 까칠해 가지고,

"잡아떼면 누가 속을 줄 아는가 베!"

그러나 엿장수는 수양버들 봄바람 맞듯 연신 히죽거리며,

"뭘요, 그믐밤에 홍두깨도 분수가 있지?"

남이는 발끈하고,

"신 말이오!"

"신을요?"

"어제 우리 집 아이들을 꾀어 간 옥색 고무신 말이오!"

엿장수는 머리를 벅벅 긁으며,

"꾀기는 누가…….'

하고는 한 걸음 앞으로 다가서서 길 아래위를 살핀 다음 낮은 소리로,

"그 신이 당신 신이던교?"

"누구 신이든 내놔요, 빨리!"

엿장수는 또 머리를 긁으면서,

"당신 신인 줄 알았으면야, 이 놈이 미친 놈이 아닌 담에야……."

빙자(憑藉) 말막음을 위하여 핑계로 내세움
희붓하다 '희부옇다'의 사투리. 희끄무레하게 부옇다.
설주 문 양쪽에 세워 문짝을 다는 데 쓰는 기둥
백철(白鐵) 함석이나 양은, 니켈 따위의 빛이 흰 쇠붙이
속곳 예전에 여자가 아랫도리에 입던 속옷
입속말 남이 잘 알아들을 수 없게 입속으로 작게 중얼거리는 말

하고 지나치게 고분거리는데 남이는 한결같이 앙살을 부린다.

"내놔요, 빨리!"

엿장수는 손짓으로 어루듯 달래듯,

"가만있소. 도가에 가 보고 신이 있으면야 갖다 주고말고. 만일 신이 없으면 새 신이라도 사다 줄게요. 염려 마소!"

하고는 남이의 발을 눈잼하는데, 이 때 난데없이 굵다란 벌 한 마리가 날아와 남이의 얼굴 주위를 잉잉 날아돈다. 남이는 상을 찌푸리고 한 손을 내저어 벌을 쫓고, 목을 돌리고 하는데, 벌은 갑자기 남이 저고리 앞섶에 붙어 가슴패기로 기어오르고 있다.

이것을 조마조마 보고 있던 엿장수는,

"가, 가만……."

하고는 한걸음에 뛰어들어,

"요 놈의 벌이."

하고 손바닥으로 벌을 딱 덮어 눌렀다.

옆에서 보기에도 민망스런 순간이었다.

남이는 당황하면서도 귀 언저리를 붉히고 한 걸음 뒤로 물러서자, 함께 엿장수 손아귀에는 벌이 쥐어졌다. 쥐킨 벌은 고스란히 있을 리가 없다. 한 번 잉 소리를 내고는 그만 손바닥을 쏘아 버렸다. 동시에 엿장수는,

"앗!"

하고, 쥐었던 손을 펴 불며 털며 앙감질을 하는 꼴이 남이는 어떻게나 우스웠던지 그만 손등으로 입을 가리고 킥킥 하고 웃어 버렸다. 엿장수는 반은 울상 반은 웃는 상 남이를 바라보는데, 남이의 송곳니가 무

초등필수
단어장

앙살 엄살을 부리며 버티고 겨루는 짓
도가(都家) 동업자들이 모여서 계나 장사에 대한 의논을 하는 집
눈짐 눈짐작. 눈으로 보아 헤아려 보는 짐작.
가슴패기 판판한 가슴 부분
앙감질 한 발은 들고 한 발로만 뛰는 짓

척 예뻐 보였다. 남이는 엿장수와 눈이 마주치자 무색해서 눈을 땅바닥으로 떨어뜨렸다. 살을 쏘아 버린 벌이 꽁무니에 흰 실 같은 것을 달고, 거추장스럽게 기어가고 있다. 남이의 시선을 따라온 엿장수 눈이 이것을 보자 그만 억센 발로,

"엥이, 엥이, 엥이."

하고 망깨 다지듯 짓밟고 문질러 자취도 없이 해 버리자 남이는 또 웃음이 나올 것만 같아 문을 밀고 안으로 들어가 버렸다.

엿장수는 무슨 발작이나 막 하고 난 사람처럼 맥이 없었다. 어깨와 두 팔을 축 늘어뜨리고 남이가 들어간 문 쪽을 한참 동안 멍하니 바라보고 나서야 비로소 어슬렁어슬렁 엿판께로 돌아왔다.

엿판 가에는 아이들이 파리 떼처럼 붙어 있다. 보아하니 윤이는 아랫배에 두 손을 붙여 도사리고 앉아, 엿을 노리고 있고, 영이는 서서 아이들과 어느 것이 굵으니 작으니 하며 태태거리고 있다.

엿은 애들이 그새 얼마나 손질을 했기에 가루가 벗어지고 노르스름한 알몸이 드러난 것이 따끈한 봄볕에 쪼여 노그라질 대로 노그라졌다. 이런 엿은 누가 시험 삼아 입에 넣어 볼 양이면 단맛보다는 먼저 짭짤한 맛이리라.

엿장수는 아이들과 엿판을 번갈아 보다 말고 무슨 생각에선지 엿을 몇 가락 움켜쥐고는 가위로 때려 부셔 둘러선 아이들에게 한 동강이씩 선심을 쓰는데 그 중에도 영이와 윤이는 제일 큰 것을 받았다.

엿장수는 한쪽 어깨에 비스듬히 엿판을 메고 연신 힐끗힐끗 철수네 집을 보아 가며 다음 마을로 건너갔다. 그러나 해질 무렵 해서 또다시

가위 소리가 들렸으나 엿장수는 엿판을 내리지 않았고 또 아이들도 채 모이기도 전에 아랫마을로 내려가 버렸다.

다음 날도 좋은 날씨였다. 먼 산은 선잠 깬 여인의 눈시울처럼 자꾸만 선이 희미해 오고 수양버들은 아지랑이가 간지러운 듯 한들거렸다. 보리 싹은 제법 파릇하고 남향 담 밑에는 민들레가 놀란 듯 활짝 피었다. ☆ 시골 봄의 정취와 함께 한껏 부풀어 오르는 엿장수의 설레는 감정을 느껴 보자.

오늘따라 엿장수는 일찍 왔다. 엿장수가 오는 시간은 누구보다 더 잘 알고 있는 이 마을 아이들에게 있어서는 적지 않은 사건이었다. 또 하나 의외의 일은 한 담배 참씩이면 다음 마을로 가 버리는 엿장수가 오늘은 제법 아이들과 시시덕거리고 놀기를 시작한 것이다. 그뿐만 아니라, 길목 타작마당에서 아이들과 뜀뛰기까지 하다가 점심때 가까이 해서야 다음 마을로 건너가는 것이었다.

아이들은 어제 모양으로 엿을 한 동강이씩 주지 않고 가는 것이 퍽이나 섭섭한 눈초리로 뒤 꼴을 바라보았으나, 보리쌀 삶을 즈음해서 엿장수는 또 왔고, 해가 져서야 돌아갔다.

다음 날도 그랬고 그 다음 날도 그랬다. 다만 전날과 다른 것은 영이와 윤이에게 엿을 한 가락씩 쥐여 주고 간 것이다. 동네 아이들은 영이와 윤이가 무척 부러웠다.

날씨는 한결같이 좋았다. 산기슭 잔디 언덕에는 쑥 싹을 캐는 소녀들의 색 낡은 분홍 치마가 애틋

초등필수
단어장

무색하다 쑥스럽거나 겸연쩍어 부끄럽다.
망깨 토목 공사에서 여러 일꾼들이 들었다 놓았다 하면서 땅을 단단하게 다지는 작업 도구
도사리다 몸을 작게 움츠리다.
태태거리다 불평을 늘어놓다.
노그라지다 지쳐서 맥이 빠지고 축 늘어지다.
선잠 얕게 드는 잠
아지랑이 햇볕이 쨍쨍 비추는 봄날에 공기가 아른아른 움직이는 것
참 일을 시작하여서 일정하게 쉬는 때까지의 사이
타작마당 타작하는 마당. 타작은 익은 곡식의 이삭을 떨어내어 낟알을 거두는 일을 말한다.

하게 정다워 보이고 개울가에는 냉이랑 독새랑 여뀌랑 미나리랑 싹이 뾰족뾰족 돋아났다.

엿장수는 한결같이 왔고 와서는 갈 줄을 몰랐다. 어떤 날은 벙글벙글 웃었고, 웃는 날은 애들에게 엿을 나눠 주었으나 벙어리처럼 덤덤히 앉았다가 가는 날은 엿 맛을 못 보았다. 그렇기에 아이들은 엿장수가 오면 엿판보다 먼저 엿장수 눈치부터 보는 버릇이 생겼다.

요즘은 그 텁수룩한 머리에다 기름 칠갑을 해 가지고는 억지로 빗어 넘기고 또 옥색 인조견 조끼도 입었다. 낯익은 동네 아낙들이,

"엿장수 요새 장가갔는가 베?"

고 할라치면 엿장수는 수줍게도 씩 웃으며 그 펑퍼짐한 얼굴을 모로 돌리곤 했다.

하루는 철수가 저녁을 딴 데서 치르고 늦게 돌아오는데, 어떤 젊은 사내가 대문 틈으로 정신없이 집 안을 들여다보고 있었다. 철수는 이 놈이 바로 좀도둑이거니 하고 손가방으로 궁둥짝을 후려치며,

"웬 놈이냐?"

하고 고함을 질렀다. 사나이는 그야말로 뱀이나 밟은 것처럼 기겁을 하고는 철수를 보자 이내 한 손을 머리로 올리고 꾸벅꾸벅 절만을 했다.

"뭣을 훔치려고 노리는 거야?"

"아, 아니올시더. 예, 예, 저 댁의 강아지가, 예, 헤헤……."

"강아지가 어쨌단 거야?"

"예, 저 아니올시더, 헤헤."

연신 허리를 꾸벅거리고는 비슬비슬 달아나 버렸다.

칠갑 물건의 겉면에 다른
물질을 흠뻑 칠하여 바름
인조견(人造絹) 사람이 만
든 가짜 명주실로 짠 비단

54

"그 놈 미친 놈이군!"

했을 뿐, 그 사나이가 엿장수인 줄 철수는 몰랐다.

밤이면 개 짖는 소리가 요란했고, 그런 밤이면 마을 사람들은 안팎 문을 꼭꼭 걸어 닫았다. _{엿장수와 낭이의 만남이 직접적으로 제시되어 있지는 않지만, 모두 낭이가 갈 만한 장소들인 것을 보면 엿장수가 낭이를 보기 위해 기웃거리고 있는 모습을 상상해 볼 수 있다.}

어떤 사람은 철수네 집 담 밑에서 도둑놈을 보았다고 했고 또 어떤 사람은 길목에서도 보았다고들 했다. 개울 빨래터에서도 보았고 동네 우물가에서도 보았다고들 했다. 그러나 막상 도둑을 맞은 사람은 한 사람도 없건만 마을에서는 도둑 소문이 자자한 채 달도 바뀌고 제비 올 무렵 어느 날 저녁녘에 우연히도 낭이 아버지가 찾아왔다.

철수 내외가 낭이 아버지를 맨 나중 만나기는 지금으로부터 삼 년 전 윤이가 나던 해였다. 그리고 꼭 삼 년이 지났다. 삼 년 동안 낭이 아버지는 많이도 변했다. 머리는 검은 털보다는 흰 털이 훨씬 더 많았고, 그 길쑴한 얼굴은 유지를 비벼 놓은 것처럼 주름살이 잡혔다. 저녁을 먹고 나서 낭이 아버지는,

"내가 달리 온 것이 아님더!"

하고는 담배를 잰다. 철수 내외는 암만해도 이 영감이 딸을 보러만 온 것이 아니라고 짐작은 하면서도

"무슨 일인데요? 새삼스리?"

그러나 낭이 아버지는,

"안 그런기요? 내가 나이 칠십에 내일 죽을지 모레 죽을지…….."

그러고는 담배를 쭉쭉 소리를 내어 빨고 나서,

"내가 오늘 온 것은 다름이 아니올시더— 저 낭이 말임더, 저것을 내

산 동안에 짝을 맞차 놔야 안 되겠는교?"

하고는 또 담배를 빨기 시작한다.

철수는,

"그야 짝을 맞출 때가 되면 그래야죠."

한즉,

"아니올시더. 지집애가 나이 열여덟이면 과년했거던요."

"……."

"우리 동네 말임더, 나이 올해 스무 살 먹은 얌전한 신랑이 있는데, 모자 단둘이고요, 뱃일이고 바닷일이고 입 댈 것 없지요."

철수는 듣다못해,

"그래서 영감은 거기다 남이를 시집보내겠단 말씀이죠?"

"암요."

그러자 철수 아내가,

"보이소. 나도 스물한 살 때 이 집에 시집을 왔는데, 뭣이 그리 급해서……. 더구나 남이는 나이만 열여덟이지 원래 좀된 편이라 숙성한 애들의 열대여섯밖에는 안 뵈는데……."

"아니올시더, 부모 갖고 살림 있으면야 한 해 두 해 늦어도 까딱없지요, 암, 까딱없고말고……."

"그렇잖아도 스무 살은 안 넘길 작정을 하고 또 그리 준비도 하고 있소."

스무 살이라는 말에 남이 아버지는 그만 질색을 하면서,

초등필수
단어장

길쑴한 시원스레 조금 기름한
유지(揉紙) 주름살이 잘게 잡힌
종이
재다 담뱃대에 담배를 넣다.
과년하다 여자가 혼인할 나이
를 넘기다.

"언머어이, 무슨 말인교? 당찮심더!"

하고는 낯까지 붉히었다. 철수 아내가 또 무슨 말을 하려는 것을 철수는 손짓으로 막고,

"영감, 잘 알았소. 그만 건너가서 편히 쉬이소."

하자 그제서야 남이 아버지는 안심이 되는 듯 일어서며,

"내일 아침에 일찍 가겠심더, 안 그런교? 기왕 남의 권식 될 바야 하루라도 일찍 보내는 기 좋지 않겠는교."

하고 또 뭐라고 중얼중얼하면서 건너갔다.

남이는 여느 때와 조금도 다름없이 부엌에서 아침 채비를 하고 있다. 다만 다른 것은 눈시울이 약간 부은 것뿐이다.

이 날 철수 내외는 둘 다 결근을 했다. 철수 아내는 그 동안 장만해 두었던 남이의 옷감을 꺼냈다. 그리 좋은 것은 아니나 그래도 저고릿감이 네 벌, 치맛감이 세 벌, 그 밖에 자기가 시집올 때 해 온 무색옷 중에서 시속에 맞지 않고, 색이 너무 난한 것을 추려 몇 벌, 또 속옷 이것저것 해서 한 보퉁이는 좋이 되었다. 아침을 치르고 나서 철수 내외는 남이를 불러 갈 채비를 하라고 이르고, 그의 아내는 밀쳐 둔 보퉁이를 헤치고 이것은 뭣이고, 이것은 언제 입는 옷이고 또 이것은 다시 고쳐 하고 하면서 일일이 일러 주는데, 남이는 듣는 둥 마는 둥 하고,

"아직 설거지도 안 했는데……."

하고 일어선다.

"내가 할 테니 그만두고, 어서 머리 빗어라. 그리고 옷은 이걸 입고, 버선은 요전번에 신던 것 신고……."

그러나 남이는

"물도 안 길었어요!"

하고 또 밖으로 나가려고 한다.

"그만둬라."

"요새 물이 달려서 일찍 가야 해요."

그러자 건넌방에서는 남이 아버지가,

"남아, 준비 다 됐나? 차 시간 놓칠라, 속히 가자."

하고 소리를 질렀다. 남이는 건넌방 쪽을 흘겨보고,

"가고 싶거든 혼자 가지……."

하고 중얼거리면서 또 밖을 나가려는 것을, 이번에는 철수가 불러들여,

"가 보고 마땅찮거든 다시 오더라도 가도록 해야지. 차 시간도 있고
하니 빨리 채비를 해라!"

하고 타이르는데, 남이 아버지는 벌써 뜰에 나와
기다리고 있다. 남이는 그제서야 낯을 씻고 제가
일상 쓰던 물건들을 챙겼다. 크림 통과 가루분 통
이 하나씩, 그리고 한쪽 모가 떨어져 삼각이 된
거울이 한 개, 얼레빗과 참빗, 그 밖에 수본, 골
무, 베갯모, 색 헝겊, 당세기, 허드레옷 해서 그것
도 한 보퉁이가 실하다.

분홍 치마에 흰 반회장저고리를 입고 맑은 때
가 묻을락 말락한 버선을 신은 남이는 딴사람같
이 예뻐 보였다. 어디다 내세우더라도 얌전한 색

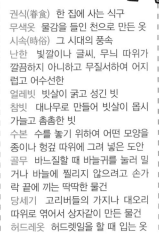

초등필수
단어장

권식(眷食) 한 집에 사는 식구
무색옷 물감을 들인 천으로 만든 옷
시속(時俗) 그 시대의 풍속
난한 빛깔이나 글씨, 무늬 따위가
깔끔하지 아니하고 무질서하여 어지
럽고 어수선한
얼레빗 빗살이 굵고 성긴 빗
참빗 대나무로 만들어 빗살이 몹시
가늘고 촘촘한 빗
수본 수를 놓기 위하여 어떤 모양을
종이나 헝겊 따위에 그려 넣은 도안
골무 바느질할 때 바늘귀를 눌러 밀
거나 바늘에 찔리지 않으려고 손가
락 끝에 끼는 딱딱한 물건
당세기 고리버들의 가지나 대오리
따위로 엮어서 상자같이 만든 물건
허드레옷 허드렛일을 할 때 입는 옷
반회장저고리 깃, 고름, 끝동에 다른
색의 천을 대어 지은 여자의 저고리

싯감이었다. 남이 아버지가 대문짝에 담뱃대를 딱딱 두드리면서 헛기침을 하는 것은 빨리 나오라는 재촉일 게다. 철수 아내는 이모저모 남이 옷맵시를 보아 주고,

"어서 가거라. 너 잔치할 때는 너 아저씨가 가든지 내가 가든지 꼭 할 테니……."

그러나 남이는 한 마디 인사말도 없이 영이와 윤이를 찾는다. 골목에 나가 놀고 있던 영이와 윤이는 남이의 달라진 모양을 보고 눈이 똥그레져서,

"아지마 어데 가노?"

하고 묻는다.

남이는 대답도 않고 두 아이를 데리고 건넌방으로 들어가, 영이와 윤이를 세운 채 두 팔로 가둬 안고,

"윤아, 아지마 가면 니 빠빠 누가 줄고?"

하자, 영이가 또,

"아지마, 어데 가노?"

하고 묻는다. 남이는 목멘 낮은 소리로,

"우리 집에 간다."

그러나 영이는,

"거짓말이다. 이거 너거 집 앙이고 머고?"

하고, 발까지 구르며 짜증을 낸다. 갑자기 윤이가 그 넓적한 입을 삐죽거리면서 억실억실한 눈에 눈물을 함빡 가둔다. 남이는 지그시 팔에 힘을 준다. 윤이 눈에서 눈물 한 방울이 떨어져 남이의 자줏빛 옷고름에

60

얼룩이 진다.

바로 이 때다. 골목에서 엿장수 가위 소리가 들려왔다. 남이는 재빨리 윤이를 업고, 영이의 손목을 잡은 채 밖으로 나갔다. 남이 아버지는 벌써 저만치 철수와 하직을 하면서 내려가고, 엿장수는 막 철수네 집 앞에서 대문을 나서는 남이와 마주쳤다. 엿장수는 얼빠진 사람처럼 남이를 바라보는데 남이의 눈에는 순간 어두운 그림자가 지나갔다.

남이는 윤이를 업은 채 허리를 굽히고, 몸을 약간 둘러 치맛자락을 걷고 빨간 콩 주머니에서 십 원짜리 두 장을 꺼내 엿장수를 주었다. 엿장수는 그제서야 눈을 돌려 남이와 돈을 번갈아 보다 말고 신문지 조각에 엿을 네댓 가락 싸서 아무 말도 없이 돈과 함께 내민다.

남이는 약간 망설이다가 역시 암말도 없이 한 손으로 받아 가지고는 영이를 앞세우고 안으로 들어왔다. 엿장수는 멍하니 대문만 쳐다보고 있다가 침을 한 번 꿀꺽 삼키고 나서 엿판을 둘러메고는 혼잣말로,

"꽃놀이를 가면 자천 골짜기지. 그럼 한 걸음 앞서 울음고개로 질러 감 되겠지."

이렇게 중얼대면서 엿장수는 빠른 걸음으로 담 모퉁이를 돌아 울음고개로 향해 갔다.

남이는 그 엿장수에게 받은 엿을 영이에게 둘, 윤이에게 둘 각각 손에 쥐여 주고서도 한 동강이 잘라 입에 넣고는 수건으로 윤이 눈물 자국과 영이 코밑을 닦아 주고서야 보퉁이를 들고 일어섰다.

영이와 윤이는 엿 먹기에 여념이 없었다.

초등필수
단어장

억실억실한 얼굴 모양이나 생김새가 선이 굵고 시원시원한
하직(下直) 멀리 떠나기 전에 웃어른께 인사를 드리는 것

철수 아내는 보퉁이 한 개를 들고 따라 나오면서 남이에게 귀엣말로 뭣을 일러 주고……. 이래서 남이는 떠나간다. 다만 한 가지 철수 내외에게 수수께끼는 마을 중턱에서 남이를 보내고 서서 그의 뒷모양을 바라보는데, 남이가 어이한 옥색 고무신을 신고 가는 것이다. 더구나 한 번도 신지 않은 새것을…….

철수 내외는 서로 얼굴만 쳐다볼 뿐 도로 물어본달 수도 없고 해서

그만두었다.

　보리밭 사이 조그만 언덕길로 옥색 고무신을 신은 남이는 갔다. 자천 골짜기로 꽃놀이를 가는 줄만 알았던 남이가 난데없는 영감 하나를 따라가고 있는 광경을 엿장수는 울음고개 위에서 멀거니 바라보고 있는 것을 남이 자신이야 알 리도 없었다.

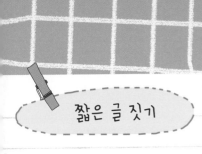

논술 실력을 쑥쑥 올려줘요

짧은 글 짓기

1 닥뜨리다
2 희붓하다
3 입속말
4 눈잼
5 아지랑이

이해력을 길러요

1 엿장수는 남이에게 어떤 감정을 가지고 있나요?

2 이 소설의 제목인 '고무신'은 남이에게 어떤 의미가 있는 물건인가요?

추석 선물로 받은 고무신	
마을을 떠날 때 신고 간 고무신	

3 남이의 새 고무신에 관련하여 이 이야기에 직접 드러나지 않은 일은 독자의 상상으로 채울 수 있습니다. 그 내용은 이 소설의 어느 부분에 들어가면 알맞을까요? 여러분이 찾아 상상한 내용을 보태어 써 보세요.

황순원
1915~2000

지은이를
알아 보아요!

　황순원 선생님은 평안남도 대동에서 출생하였으며 일본 와세다 대학 영문과를 졸업했습니다. 시 창작으로 문학 활동을 시작하여 귀국 후에는 중고등학교 교사로 일하면서 첫 단편 소설집을 내놓았습니다. 일제의 압박이 심해지자 1942년에 고향으로 돌아가 소설 집필에 주력하였습니다. 그러나 이들을 발표하지 않고 간직하고 있다가 해방이 된 후에야 세상에 내놓았습니다.

　황순원 선생님의 작품은 시대의 현실을 외면하지 않으면서도 예술적인 아름다움을 구현해 냄으로써 지금껏 많은 이들의 사랑을 받고 있습니다. 대표작으로 〈별〉, 〈독 짓는 늙은이〉, 〈소나기〉, 〈학〉 등의 단편과 〈카인의 후예〉, 〈인간 접목〉, 〈일월〉 등의 장편 소설이 있습니다.

　한국인의 정서와 휴머니즘 정신을 간결하고 세련된 문체와 다양한 소설적 기법들을 통해 보여 준 황순원 선생님의 작품은 한국 현대 문학의 최고봉으로 평가받습니다.

　　6 · 25전쟁이 일어나자 성삼은 치안 대원이 되어 고향으로 돌아왔습니다. 전쟁이 휩쓴 고향은 많이 변해 있었습니다.

　어릴 적 단짝 친구인 덕재는 농민 동맹 부위원장을 지냈다가 잡혀 들어왔습니다. 성삼은 자청하여 덕재를 쓸고 가기로 하였습니다.

　성삼은 덕재를 묶고 가면서 처음에는 덕재에게 적대감을 품습니다. 그러나 이야기를 나누며 막혔던 가슴이 조금씩 풀어집니다. 덕재는 이념에 이용당했을 뿐 그저 농사밖에 모르는 평범한 농사꾼이었으니까요.

　성삼은 벌판의 학 떼를 보고 예전에 덕재와 함께 정성들여 학을 키우던 일을 떠올립니다. 그리고 학 사냥이나 하자며 덕재를 묶었던 끈을 풀어 줍니다.

한국단편을
읽기 전에

'학'은 1953년 5월에 황순원 선생님이 발표한 단편 소설입니다. 이때는 6 · 25전쟁(1950년 6월 25일~1953년 7월 27일)이 휴전하기 직전입니다.

'소나기'의 작가로 여러분이 잘 알고 있는 황순원 선생님은 서정성 짙은 소설들을 썼지요. 한 편의 시와 같이 아름답고 간결한 언어로 독특한 소설 세계를 표현하였습니다.

황순원 선생님은 인간이 가진 따뜻함과 휴머니즘을 작품 속에 담아내곤 하였습니다. 이 소설 '학'도 전쟁이 남긴 이념의 갈등과 상처를 따뜻한 인간 애로 풀어내고 있습니다.

성삼이와 덕재는 어릴 적 친구입니다. 어릴 때는 밤 서리도 같이 가고, 학을 잡아 함께 키우기도 했던 둘도 없는 친구였습니다. 그런데 어른이 되어 다시 만난 둘은 서로 다른 이념으로 인해 적이 되어 있습니다.

그러나 지금 어떤 옷을 입고 있든 그들은 흰옷 입은 백의민족, 같은 뿌리를 가진 사람들입니다. 성삼은 여전히 떼 지어 평화롭게 살고 있는 하얀 학을 보며, 어릴 적 덕재와 함께 학을 키우던 추억을 떠올립니다.

한 민족이 이념으로 분리되어 서로 총부리를 겨누는 안타까운 상황에 대해 작가는 어떤 이야기를 하려 했던 걸까 생각하며 소설을 감상해 봅시다.

학

삼팔 접경의 이북 쪽 마을은 드높이 갠 가을 하늘 아래 한껏 고즈넉했다.

주인 없는 집 봉당에 흰 박통만이 박통을 의지하고 굴러 있었다.

어쩌다 만나는 늙은이는 담뱃대부터 뒤로 돌렸다. 아이들은 또 아이들대로 멀찍이서 미리 길을 비켰다. 모두 겁에 질린 얼굴들이었다.

동네 전체로는 이번 동란에 깨어진 자국이라곤 별로 없었다. 그러나 어쩐지 자기가 어려서 자란 옛 마을은 아닌 성싶었다.

☆ 6 · 25전쟁 (note above "이번 동란")

뒷산 밤나무 기슭에서 성삼이는 발걸음을 멈추었다. 거기 한 나무에 기어올랐다. 귓속 멀리서, '요 놈의 자식들이 또 남의 밤나무에 올라가는구나.' 하는 혹부리 할아버지의 고함 소리가 들려왔다.

그 혹부리 할아버지도 그새 세상을 떠났는가? 몇 사

람 만난 동네 늙은이 중에 뵈지 않았다.

성삼이는 밤나무를 안은 채 잠시 푸른 가을 하늘을 쳐다보았다. 흔들지도 않은 밤나무 가지에서 남은 밤송이가 저 혼자 아람이 벌어 떨어져 내렸다.

임시 치안대 사무소로 쓰고 있는 집 앞에 이르니, 웬 청년 하나가 포승에 꽁꽁 묶이어 있다.

이 마을에서 처음 보다시피 하는 젊은이라, 가까이 가서 얼굴을 들여다보았다. 깜짝 놀랐다. 바로, 어려서 단짝 동무였던 덕재가 아니냐.

천태에서 같이 온 치안 대원에게 어찌된 일이냐고 물었다. 농민 동맹

부위원장을 지낸 놈인데, 지금 자기 집에 잠복해 있는 걸 붙들어 왔다는 것이다.

성삼이는 거기 봉당 위에 앉아 담배를 피워 물었다.

덕재는 청단까지 호송하기로 되어 있었다. 치안 대원 청년 하나가 데리고 가기로 되어 있었다.

성삼이는 다 탄 담배 꼬투리에서 새로 담뱃불을 댕겨 가지고 일어섰다.

"이 자식은 내가 데리고 가지요."

덕재는 한결같이 외면한 채 성삼이 쪽은 보려고도 하지 않았다.

동구 밖을 벗어났다.

성삼이는 연거푸 담배만 피웠다. 담배 맛을 몰랐다. 그저 연기만 기껏 빨았다 내뿜곤 했다. 그러다가 문득, 이 덕재 녀석도 담배 생각이 나려니 하는 생각이 들었다. 어려서 어른들 몰래 담 모퉁이에서 호박잎 담배를 나눠 피우던 생각이 났다. 그러나 오늘 이까짓 놈에게 담배를 권하다니 될 말이냐?

한번은 어려서 덕재와 같이 혹부리 할아버지네 밤을 훔치러 간 일이 있었다. 성삼이가 나무에 올라갈 차례였다. 별안간 혹부리 할아버지의 고함 소리가 들려왔다. 나무에서 미끄러져 떨어졌다. 엉덩이가 밤송이에 찔렸다. 그러나 그냥 달렸다. 혹부리 할아버지가 못 따라올 만큼 멀리 가서야 덕재에게 엉덩이를 돌려댔다. 밤 가시 빼내는 게 따끔거리고 아팠다. 절로 눈물이 질끔거려졌다. 덕재가 불쑥 자기 밤을 한 줌 꺼내어 성삼이 호주머니에 넣어 주었다……

☆ 덕재에게 고마웠던 추억을 떠올리며,
끌려가는 덕재의 입장을 생각하고 있다.

성삼이는 새로 불을 댕겨 문 담배를 집어 내던졌다.
그러고는 이 덕재 자식을 데리고 가는 동안 다시 담배는
붙여 물지 않으리라 마음먹는다.

고갯길에 다다랐다. 이 고개는 해방 전전에, 성삼이가
삼팔 이남 천태 부근으로 이사 가기까지 덕재와 더불어
늘 꼴을 베러 넘나들던 고개다.

성삼이는 와락 저도 모를 화가 치밀어, 고함을 질렀다.

"이 자식아, 사람을 몇이나 죽였냐?"

그제야 덕재가 힐끗 이 쪽을 쳐다보더니, 다시 고개
를 거둔다.

"이 자식아, 사람을 몇이나 죽였어?"

덕재가 다시 고개를 이리로 돌린다. 그리고 성삼이

를 쏘아본다. 그 눈이 점점 빛을 더해 가며, 제법 수염발이 잡힌 입언
저리가 실룩거리더니,

"그래, 너는 사람을 그렇게 죽여 봤니?"   ☆ 덕재의 반응을 보고, 덕재가 나쁜 짓을 하지
않았음을 짐작하고 안도감과 기쁨을 느끼고 있다.

'이 자식아!' 그러면서도 성삼이의 가슴 한복판이 환해짐을 느낀다.
막혔던 무엇이 풀려 내리는 것만 같다. 그러나

"농민 동맹 부위원장쯤 지낸 놈이 왜 피하지 않고 있었어? 필시 무슨
사명을 띠고 잠복해 있었던 거지?"

덕재는 말이 없다.

"바른대로 말해라. 무슨 사명을 띠고 숨어 있었냐?"

덕재는 그냥 잠잠히 걷기만 한다. 역시 이 자식 속이

꿀리는 모양이구나. 이럴 때 한번 낯짝을 봤으면 좋겠는데, 외면한 채 다시는 고개를 돌리지 않는다.

성삼이는 허리에 찬 권총을 잡으며,

"발명은 소용없다, 영락없이 넌 총살감이니까. 그저 여기서 바른대로 말이나 해 봐라."

덕재는 외면한 채,

"발명은 하려고도 않는다. 내가 제일 빈농의 자식인 데다가 근농군이라고 해서 농민 동맹 부위원장이 됐던 게 죽을 죄라면 하는 수 없는 거고. 나는 예나 이제나 땅 파먹는 재주밖에 없는 사람이다."

그리고 잠시 사이를 두어,

"지금 집에 아버지가 앓아누웠다. 벌써 한 반 년 된다."

덕재 아버지는 홀아비로 덕재 하나만을 데리고 사는 늙은 빈농군이었다. 칠 년 전에 벌써 허리가 굽고 검버섯이 돋은 얼굴을 하고 있었다.

"장가 안 들었냐?"

잠시 후에,

"들었다."

"누구와?"

"꼬맹이와."

초등필수
단어장

발명(發明) 죄나 잘못이 없음을 밝힘. 또는 그리하여 발뺌하려 함.
빈농(貧農) 가난한 농민
근농군(勤農軍) 부지런한 농사꾼
검버섯 늙은 사람 살갗에 생기는 거뭇거뭇한 작은 얼룩

아니, 꼬맹이와? 거 재미있다. 하늘 높은 줄은 모르고 땅 넓은 줄만 알아, 키는 작고 뚱뚱하기만 한 꼬맹이, 무던히 새침데기였다. 그것이 얄미워서 덕재와 자기가 번번히 놀려서 울려 주곤 했다. 그 꼬맹이한테

72

덕재가 장가를 들었다는 것이다.

"그래, 애가 몇이나 되나?"

"이 가을에 첫애를 낳는대나."

성삼이는 그만 저도 모르게 터져 나오려는 웃음을 겨우 참았다. 제 입으로 애가 몇이나 되느냐고 묻고서도, 이 가을에 첫애를 낳게 되었다는 말을 듣고는 우스워 못 견디겠는 것이다. 그렇지 않아도 작은 몸에 큰 배를 한 아름 안고 있을 꼬맹이. 그러나 이런 때 그런 일로 웃거나 농담을 할 처지가 아니라는 걸 깨달으며,

"하여튼 네가 피하지 않구 남아 있는 건 수상하지 않아?"

"나두 피하려구 했었어. 이번에 이남서 쳐들어오면 사내란 사낸 모조리 잡아 죽인다고, 열일곱에서 마흔 살까지의 남자는 강제로 북으로 이동하게 됐었어. 할 수 없이 나두 아버질 업구라두 피란 갈까 했지. 그랬더니 아버지가 안 된다는 거야. 농사꾼이, 다 지어 놓은 농살 내버려 두구 어딜 간단 말이냐고. 그래, 나만 믿고 농사일로 늙으신 아버지의 마지막 눈이나마 내 손으로 감겨 드려야겠고, 사실 우리같이 땅이나 파먹는 것이 피란 간댔자 별수 있는 것도 아니고……."

지난 유월에는 성삼이 편에서 피란을 갔었다. 밤에 몰래 아버지더러 피란 갈 이야기를 했다. 그 때, 성삼이 아버지도 같은 말을 했다. '농사꾼이 농사일을 늘어놓고 어디로 피란 간단 말이냐.' 성삼이 혼자서 피란을 갔다. 남쪽 어느 낯선 거리와 촌락을 헤매 다니면서 언제나 머리에서 떠나지 않는 건 늙은 부모와 어린 처자에게 맡기고 나온 농사일이었다. 다행히 그 때나 이제나 자기네 식구들은 몸성히들 있었다.

74

☆ 덕재가 아버지를 남겨 두고 갈 수 없어 떠나지
못했음을 알고 모든 의혹이 풀린 성삼은, 혼자 피란 갔던
자신이 부끄러워 덕재 쪽을 보지 않고 걷는다.

고갯마루를 넘었다. 어느새 이번에는 성삼이 편에서 외면을 하고 걷고 있었다. 가을 햇볕이 자꾸 이마에 따가웠다. 참, 오늘 같은 날은 타작하기에 꼭 알맞은 날씨라고 생각했다.

고개를 다 내려온 곳에서 성삼이는 주춤 발걸음을 멈추었다.

저 쪽 벌 한가운데 흰옷을 입은 사람들이 허리를 굽히고 선 것 같은 것은 틀림없는 학 떼였다. 소위 삼팔선 완충 지대가 되었던 이 곳. 사람이 살고 있지 않은 그 동안에도 이들 학들만은 전대로 살고 있는 것이었다.

☆ 마치 논일을 하고 있는 농사꾼과 같은 모습이다. '흰옷
입은 사람들'이라는 말이 '백의민족'을 떠올리게 한다.

지난날, 성삼이와 덕재가 아직 열 두어 살쯤 났을 때 일이었다. 어른들 몰래 둘이서 올가미를 놓아 여기 학 한 마리를 잡은 일이 있었다. 단정학이었다. 새끼로 날개까지 얽어매 놓고는 매일같이 둘이서 나와 학의 목을 쓸어안는다, 등에 올라탄다, 야단을 했다. 그러한 어느 날이었다. 동네 어른들의 수군거리는 소리를 들었다. 서울서 누가 학을 쏘러 왔다는 것이다. 무슨 표본인가를 만들기 위하여 총독부의 허가까지 맡아 가지고 왔다는 것이다. 그 길로 둘이는 벌로 내달렸다. 이제는 어른들한테 들켜 꾸지람 듣는 것 같은 건 문제가 아니었다. 그저 자기네의 학이 죽는다는 생각뿐이었다. 숨 돌릴 겨를도 없이 잡풀 새를 기어 학 발목의 올가미를 풀고 날개의 새끼를 끌렀다. 그런데 학은 잘 걷지도 못하는 것이었다. 그 동안 얽매여 시달린 탓이리라. 둘이서 학을 마주 안아 공중에 날렸다. 별안간 총소리가 들렸다. 학이 두서너 번 날갯짓을 하다가 그대로 내려왔다. 맞았구나. 그

완충 지대 대립하는 나라들 사이의 충돌을 완화하기 위하여 설치한 중립 지대
단정학(丹頂鶴) 두루미를 달리 이르는 말. 머리 꼭대기가 빨간 학이라는 뜻이다.
총독부(總督府) 식민지를 다스리려고 두는 제일 높은 행정 기관. '조선 총독부'를 줄인 말이다.

러나 다음 순간, 바로 옆 풀숲에서 펄럭 단정학 한 마리가 날개를 펴자, 땅에 내려앉았던 자기네 학도 긴 목을 뽑아 한 번 울음을 울더니 그대로 공중에 날아올라, 두 소년의 머리 위에 둥그러미를 그리며 저 쪽 멀리로 날아가 버리는 것이었다. 두 소년은 언제까지나 자기네 학이 사라진 푸른 하늘에서 눈을 뗄 줄을 몰랐다……

"얘, 우리 학 사냥이나 한번 하고 가자."

성삼이가 불쑥 이런 말을 했다.

덕재가 무슨 말인지 몰라 어리둥절해하고 있는데,

"내 이걸로 올가미 만들어 놓을게, 너 학을 몰아오너라."

포승줄을 풀어 쥐더니, 어느새 성삼이는 잡풀 새로 기는 걸음을 쳤다.

대번에 덕재의 얼굴에서 핏기가 걷혔다. 좀 전에 너는 총살감이라던 말이 퍼뜩 머리를 스치고 지나갔다. 이제 성삼이가 기어가는 쪽 어디서 총알이 날아오리라.

저만치서 성삼이가 홱 고개를 돌렸다.

"어이, 왜 멍추같이 게 섰는 거야? 어서 학이나 몰아오너라."

그제서야 덕재도 무엇을 깨달은 듯, 잡풀 새를 기기 시작했다.

때마침 단정학 두세 마리가 높푸른 가을 하늘에 큰 날개를 펴고 유유히 날고 있었다.

둥그러미 둥그렇게 생긴 모양

짧은 글 짓기

1 아람
2 동구
3 발명
4 검버섯
5 둥그러미

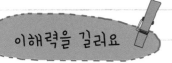

이해력을 길러요

1 이 작품의 시대 배경과 공간적 배경을 정리해 보세요.

시대 배경	
공간적 배경	

2 소설에 등장하는 두 인물, 성삼과 덕재의 상황을 설명해 봅시다. 둘은 무엇이 되어 다시 만난 것인가요?

3 이 소설의 끝부분에서, 성삼의 다음과 같은 말과 행동은 무엇을 뜻하는 것일까요?

"얘, 우리 학 사냥이나 한번 하고 가자."
성삼이가 불쑥 이런 말을 했다.
덕재가 무슨 말인지 몰라 어리둥절해하고 있는데,
"내 이걸로 올가미 만들어 놓을게, 너 학을 몰아오너라."
포승줄을 풀어 쥐더니, 어느새 성삼이는 잡풀 새로 기는 걸음을 쳤다.
(…) 저만치서 성삼이가 확 고개를 돌렸다.
"어이, 왜 멍추같이 게 섰는 거야? 어서 학이나 몰아오너라."

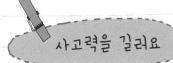

1 어릴 적 친구인 성삼과 덕재가 갈등한 이유는 무엇인가요? 시대 배경과 관련하여 설명해 보
세요.

2 성삼이 덕재를 호송해 가며 공간 이동에 따라 성삼의 마음속에 어떤 변화가 일어나는지 파
악해 봅시다.

공간	성삼의 행동	성삼의 마음
치안대 사무소에서 동구 밖까지	연거푸 담배만 피움	어릴 적 친구와 적이 되어 만난 것에 놀라고 심란한 마음
고갯길	"이 자식아, 사람을 몇이나 죽였냐?" 하고 고함을 지름	
고갯마루	덕재가 결혼한 이야기를 듣고 웃음을 겨우 참고, 덕재가 피하지 않고 숨어 있었던 이유를 알게 됨	
고개를 다 내려와서	벌판에 있는 학 떼를 봄	

3 이 소설은 다음과 같은 문장으로 끝납니다. 이 장면에서 여러분은 어떤 감정을 느꼈는지 자
유롭게 말해 보세요.

> 때마침 단정학 두세 마리가 높푸른 가을 하늘에 큰 날개를 펴고 유유히 날고 있었다.

논술 실력을 쑥쑥 늘려줘요

논리력을 길러요

1 이 소설 '학'이 이야기하고자 하는 것은 무엇입니까? 이 소설에 담긴 주제의식을 정리해서
   적어 보세요.

2 이 소설에서는 이념의 대립을 극복하는 상징적인 소재로 '학'이 등장하였습니다. 여러분도
   평화와 화합을 상징하는 소재를 하나 찾아 보세요. 그것은 동물이든 자연물이든, 또는 어떤
   물건이든 상관없습니다. 그리고 그 이유를 밝혀 써 보세요.

   내가 생각하는 평화와 화합의 상징은 (   )입니다.
   그 이유는

3 이 소설이 쓰였을 즈음 남북한이 휴전하여 지금까지 휴전 상태가 지속되고 있습니다. 그러
   니 성삼과 덕재의 이야기도 아직 끝나지 않은 것이라고 할 수 있지요. 여러분은 이런 문제를
   생각해 본 적이 있나요? 이번 기회에 부모님이나 친구들과 함께 이야기를 나누며 생각해 보
   세요.

칠월의 아이들

최인훈
1936~

지은이를
알아 보아요!

최인훈 선생님은 함경북도 회령에서 태어났습니다. 고등학교 재학 중 6·25 전쟁이 일어나 가족과 함께 월남했습니다.

서울대학교 법대 4학년을 중퇴하고 군대에 입대하여 복무 중이던 1959년에 첫 작품을 발표하였고, 다음 해 중편 소설 〈광장〉이 큰 주목을 받았습니다. 제대 후 소설가이자 희곡 작가로 왕성하게 활동하며 전후 최고의 작가라는 평을 얻었습니다.

분단과 전쟁, 독재 문제, 그리고 인간을 깊이 탐구하는 작품을 써 왔습니다. 주요 작품으로 〈광장〉, 〈회색인〉, 〈화두〉와 희곡 〈옛날 옛적에 훠어이 훠이〉 등이 있습니다.

　　삼학년 대장은 몹시 여위고 얼굴이 노란 철이가 제일 만만한가
봅니다. 캄캄한 토관 속으로 들어가 구슬을 꺼내 오라고 명령하기도 하고,
수업 시간에 뾰족한 연필로 등을 꾹꾹 찌르기도 합니다. 철이는 배가 고파
선생님 말씀은 귀에 들어오지도 않고, 아픈 아버지와 죽은 형과 힘겹게 일
하는 엄마 생각뿐입니다. 게다가 철이는 아직 납부금도 내지 못했습니다.
　　대장과 철이는 선생님께 걸려서 함께 벌을 받는데, 선생님이 그만 그 둘
을 깜박 잊고 퇴근하고 말았습니다. 비가 퍼붓고 도랑에 물이 넘쳐 둘은 어
떻게 집으로 돌아갈지 막막합니다.

한국단편을
읽기 전에

'칠월의 아이들'은 가난하여 학교 납부금도 내지 못하고, 같은 반의 대장에게는 괴롭힘을 당하는 어느 소년의 이야기입니다.

선생님의 허락을 받지 못해 방과 후 퍼붓는 빗속에서 창밖만 쳐다보고 있는 두 소년. 이들은 괴롭힘을 당하는 가난한 아이와, 그 아이를 괴롭히는 대장입니다. 두 아이는 한참을 망설이다가 빗속으로 걸어 들어갑니다.

이 소설은 처음부터 끝까지, 소년의 머릿속을 떠나지 않는 가난한 가족들의 모습이 배경처럼 깔려 있습니다. 이 소설은 1962년에 발표되었습니다. 많은 이들이 굶주리고 가난했던 때입니다. 소설 속의 소년은 얼굴이 노래서 '노란 아이'라고 지칭되지요.

사람들의 눈에 소년은 잘 보이지 않습니다. 선생님은 깜빡 잊고 퇴근해 버립니다. 세상의 무관심 속에서 혼자 어둠 속에 들어가 우는 철이의 이야기에 여러분은 귀를 기울여 주세요.

칠월의 아이들

　한낮을 바라보는 햇살은, 한창 뜨겁다. 하늘에는 구름 한 점 없다. 멀리 북녘에, 마른 붓으로 싹 그어 놓은 듯 흰 기운이, 옆으로 서너 줄 알릴락 말락. 그뿐. 쉬엄쉬엄 이어지던 집채가 멀리 물러나며, 도시가 끝나고 교외가 시작되는 자리에 있는 학교여서, 조용하기는 하다.

　교문 앞 빈터에서, 삼학년 반 아이들이 놀고 있다. 아이들은 구슬치기를 하고 있다. 이 놀음은 규칙이 쉽다. 적당한 사이를 두고 땅에다 구멍을 두 개 판다. 이 구멍을 집으로 삼고 서로 상대방 유리알을 맞히는 것이다. 반짝 빛나며 휙 나는 유리알. 딱. 반짝. 휙. 따악. 그런 이음이다. 놀음에 끼지 않고, 한옆에서 보고만 있는 아이가 있다. 얼굴이 노랗다. 그러나마나, 몹시 여위었다. 모가지가 애처롭도록 가늘다. 한눈에, 영양이 좋지 못한 정도가 아니라는 것을 알 수 있다. 놀음에 끼지 않고 있는 또 한 아이는, 이 패의 대장이다. 눈이 부리부리하고, 몸집은 다른 애들

☆ 노랑 아이,
　철이의 등장

☆ 대장의 등장. 노랑 아이와 대장의 성격이 어떠한지,
　두 아이의 관계가 어떻게 변화해 가는지를 주의해서 보자.

84

보다 이렇다 하게 큰 편이 아니다. 그는 아이들이 노는 것을 잠시 들여다보다가 끼어든다.

"임마, 나두 해."

아이들은 말없이 자리를 내준다. 대장은, 한쪽 눈을 감고 잘 겨냥한 다음, 유리알을 던진다. 휙 따악. 영락없는 솜씨다. 코를 벌름거리며, 따먹은 유리알을 손바닥 안에서 짤랑거린다. 그리고는 곧 물러선다. 한 번 땄다고 늘어붙거나 하지는 않는다. 한 판에서 유리알 한 개를 따면 그뿐, 다음 판으로 간다. 한참 들여다보다가, 불쑥 끼어들어서 한두 개 따고는 물러난다. 이런 식으로 여기저기 돌아다닌다.

대장은 혼자서 큰길 가까이까지 나온다. 교문에서 큰길까지는, 양쪽으로, 담장 대신인 둑이 막았다. 큰길로 나서자면 도랑이 있다. 원래는 땅 밑에 묻혔던 하수도 토관이, 그 자리만 깨져서 생긴 도랑이다. 대장은 그 한쪽 토관 속을 들여다본다. 오래 가문 날씨로 물기는 물론 없고, 햇빛이 닿는 데까지는 두껍게 앉은 먼지뿐이다. 더 안쪽은 캄캄해서 보이지 않는다. 그는 더 자세히 보려고 안쪽으로 고개를 들이밀었다. 그러는 통에 실수를 했다. 토관 아가리께를 받치고 있던 손이 미끄러지면서, 쥐고 있던 유리알이 와르르 쏟아져, 토관 속으로 흘러들어간 것이다. 그는 깜짝 놀라서 손으로 덮쳤으나, 손에는 반도 남지 않았다. 그는 낑낑거리면서 토관 속을 기웃거리지만, 밖에서 들여다보이는 거리는 한도가 있고, 그 앞은 그저 시커먼 어둠이다. 그는 일어섰다. 잔뜩 부은 얼굴이다. 대장은 신경질인 모양이다. 그는 아이들 쪽을 한참 바라보

초등필수
단어장

도랑 작은 개울
토관(土管) 시멘트나 흙을 구워서 만든 둥글고 큰 관. 우물이나 굴뚝 또는 배수로 따위에 쓴다.

더니,

"이리 와 봐."

앙칼지게 소리를 질렀다. 놀고 있던 아이들이 한꺼번에 얼굴을 들고, 이 쪽을 본다.

"빨리 와."

대장의 말을 어길 사람은 아무도 없다. 아이들은 놀음을 그치고, 유리알을 주워 들고는, 대장 앞에 와서 늘어선다.

"이것 봐. 여기 유리알이 빠졌는데 말야, 누가 들어갈래?"

아이들은 섬찍해지면서, 낯빛과 몸이 함께 어색해진다. 서로 쳐다본다. 토관 속을 흘낏 쳐다본다. 대장은 부하들을 한 바퀴 훑어본다. 눈을 맞추지 않으려고, 애들은 얼른 고개를 돌린다. 대장은 점점 더 부어 간다. 그의 눈은 한 아이한테서 머문다. 아까 따로 섰던, 얼굴이 노랗고 몹시 야윈 아이다. 때묻은 셔츠 칼라 위로 솟은 목덜미에, 움푹하게 홈이 갔다.

"너 나와."

노란 얼굴은, 끌리듯 한 걸음 나선다.

"알았지. 다 찾아와야 돼."

노란 얼굴이, 핼쑥해진다.

"피래미. 빨리 안 해?"

대장은 노란 애의 팔을 붙잡아, 토관 아가리 앞에 주저앉혔다. 노란 애는 먼저 두 손을 토관 속으로 들여놓고, 다음에 무릎을 끌어들였다. 서 있던 애들이 우 몰려들어, 토관 어구를

앙칼지게 매우 모질
고 날카롭게
어구 어귀. 드나드
는 목의 첫머리.

빙 둘러쌌다. 허리를 구부리고 노란 애가 들어가는 모양을 구경한다. 뾰족한 엉덩이가 점점 속으로 들어간다. 하수도는 급하지는 않지만, 아래로 밋밋한 비탈이 져 있다. 노란 아이의 뾰족한 엉덩이는, 인제 보이지 않는다. 대장은 조바심 난 모양 소리친다.

"있어?"

—안 보이는걸.

대답 소리가 웅 울리는 것으로 보아, 꽤 들어간 모양이다.

"자식, 손으로 만져 보란 말야. 좀 더 들어가."

이번에는 대답이 없다. 아이들은 쿡 웃는다.

"있어?"

—아, 하나.

좀 더 울리는 대답. 아이들은 쿡 웃는다.

"더 가."

대답이 없다.

"있어?"

이윽고,

—둘.

"아직 하나 남았어."

잠시 있다가 아득하게,

—아무리 찾아도 없어. 나가두 돼?

"좀 더 가 봐."

오래 대답이 없다.

88

"있어?"

대답이 없다.

"있어?"

…….

아이들은 서로 쳐다본다. 대장도 약간 겁먹은 얼굴이다.

"있어?"

…….

애들 얼굴에서 웃음이 가셨다. 대장은 토관 속에 대고 소리친다.

"자식아, 나와. 인제 나와."

…….

"나와. 나와두 돼."

…….

"나오라니깐. 나와."

대장의 소리는 우는 것 같다. 여전히 대답은 없다. 아이들은 웅성거
리면서, 토관 속으로 바꿔 가며 머리를 디민다. 그 때. 쑥 나왔다. 으악,
아이들은 엉덩방아를 찧는다. 땀과 먼지로 뒤범벅이 된 얼굴. 노란 아
이는, 먼저, 오른편 주먹을 내밀었다. 대장을 향해 그 주먹을 흔들었다.
반짝. 반짝. 주먹 속에 들어 있던 유리알이 툭툭툭 대장의 발밑에 떨어
진다. 그는 토관 속에서 나왔다.

딸랑, 딸랑. 딸랑. 종이 울렸다.

아이들은 교실을 향해 뛰어간다.

맨 뒤에 노란 아이가 걸어간다.

마지막 시간은 으레 아이들의 주의가 흩어지기 마련이다. 게다가 토요일이다. 공연히 딴 데를 보고. 이름을 불리면 후딱 놀라고. 삼학년 반은 이학년처럼 전혀 망나니는 아니지만, 사학년처럼 철이 들 싸한 맛도 없다. 어중간한 학년이다. 하긴 교단에 선 여선생님도, 그런 점에선 아마 크게 다르지는 않다. 스물두엇쯤. 머리를 자르고 제복을 입히면, 고등학교 고학년에서 그런대로 억지를 부리는 것도 아주 어렵지는 않을 것이다.

그녀는 주의가 흩어지는 아이들 탓으로 어지간히 짜증이 났다. 그 밖에도 그녀에게는 그럴 만한 일이 있었다. 그녀는 얼핏 창밖으로 눈길을 보냈다. 줄기에서 뿜어져 나온 듯 힘차게 솟은 칸나 꽃망울이, 불덩어리 같다. 역사 시간이다.

"그 때 우리 이순신 장군은, 배가 꼬옥 열두 척밖엔 없었어요. 알겠어요. 꼬옥 열두 척. 그것도, 원균이가 게을러서 손질두 안 한, 낡은 배가 열두 척. 이순신 장군은 부하들을 모아 놓고 이렇게 말했어요. 들어보세요. (그녀는 남자 목소리를 흉내 내서 엄숙하게 말한다.) '모두들 들거라. 우리가 비록 수가 적고, 가진 배가 많지 못하나, 죽음을 두려워 않으면 적이 우리를 이기지 못하리라. 옛말에, 살고자 하는 자는 죽고, 죽고자 하는 자는 산다 하였다. 너희들이 죽기를 결하고 싸우면, 반드시 이기리라.' 이렇게 말씀하시고는, 몸소 앞장을 서서, 적을 향해 쏜살같이 내달리기 시작한 거예요……."

문득 울리는 북 소리. 늠실거리는 파도를 박차고 내달리는 우리 쪽 배. 돛대 끝에 펄펄 날리는 제독기. 천지를

칸나(canna) 줄기는 곧게 서고 잎이 크며 빨간색, 노란색 꽃이 피는 꽃나무
결하다 어떤 일을 결단하거나 결정하다.
제독기(提督旗) 해군 함대 사령관의 깃발

뒤흔드는 포 소리. 급기야 남해의 푸른 물벌 위에 시원한 섬멸전이 벌어진다. 양쪽이 지르는 아웅, 엇 소리. 뱃전에서 빙글 활개를 치고는 바다에 거꾸로 떨어져 가는 적의 장수. 천지현황(天地玄黃) 포를 어지러이 쏘아 대며, 이리 받고 저리 치는 거북선. 불붙는 적의 배. 하늘을 덮는 연기. 문학 소녀는 역시 달랐다. 그녀는 세 치 혓바닥으로, 우리의 가장 자랑스럽고 웅장한 서사시를 되살려 내고 있었다. 그녀는 거북선을 그림으로 설명할 필요를 느꼈다.

"거북선은……."

흑판에 그리기 시작한다.

미안한 일이지만 아이들 모두가 얘기에 홀리고 있는 것은 아니었다. 하긴 애들이란 밥보다 얘기를 고르는 별난 짐승이지만, 반드시 예외가 없는 것도 아니다. 그 중에도 노란 아이 같은 경우다. 이 아이는 거의 다른 생각을 하고 있었다. 무엇보다 그는 배고팠다. 아침에 콩나물죽을 한 그릇 먹은 것뿐이다. 노란 아이는 노란 세상을 본다. 선생님 얼굴이 노랗다. 사실은 선생님은 살결이 유별나게 흰 편이었다. 흑판이 노랗다. 죽지 못하구…… 쿨럭…… 얼마나 죄를 받았으면 장대 같은 자식을 죽이고…… 산송장이…… 쿨럭. 지난 사월에 죽은 언니를 푸념하는 아버지 말씀이다. 아버지는 아랫목에 누워서 하루 종일 이 얘기다. 숨이 차서 허덕이면서 이 중얼중얼은 그치지 않는다. 그 놈만 살았으면…… 똑똑한 녀석을…… 바보 녀석 네가 죽었다구 세상이 바루 돼……. 한 마디를 하고는, 한참 괴로워한다. 철은 그런 아버지가 싫다. 원래 철과 아버지는 아주 친한 친구였다. 그 때는 아버지는, 철을 한 손으로 번쩍 들어 목에 태우실 수 있었

다. 그리고는 으레 캐러멜을 집어 주셨다. 그는 아
버지의 검고 윤이 나는 머리털 위에, 벗겨 낸 캐
러멜 껍질을 수북이 버리는 것이었다. 지금의 아
버지는 어쩌다 머리맡에서 눈깔사탕을 내주시는
일이 있었으나, 때묻고 앙상한 손바닥에 놓인 끈
적거리는 그 눈깔사탕을, 선뜻 집을 생각은 안 나
는 철이다. 그것까지는 좋지만, 대개는 잔소리뿐

이다. 그래서 지금의 아버지는 철이 제일 싫어하는 사람이다. 언니라도
살았다면 아버지는 아무래도 좋았을 것이다. 언니는 그에게 '보물섬',
'집 없는 아이', '플랜더즈의 개'를 사다 준 이쁜 언니다. 아버지가 앓기
시작한 다음부터는, 가정교사를 하면서도, 늘 일등은 뺏기지 않은, 장
한 언니다. 그러나 언니는 죽었다. 그래서 지금, 철의 제일 친한 친구는
어머니다. 엄마는 아침마다 정거장에 석탄 주우러 나간다. 일요일이면
아버지 곁에 있기가 싫고 해서, 엄마를 따라간다. 엄마 말고도 석탄 줍
는 아줌마, 누나들이 많다. 철은 엄마를 도와서 석탄을 주워 드린다. 엄
마는 철의 머리를 쓰다듬는다.

"우리 철이는 착하기두 하지, 자……."

엄마는 치마 고름을 더듬는다. 무엇을 하려는
것인지 철은 안다. 그 고름에 맨 동전. 길 건너 석
탄 장수 할아범한테서 받은 돈이다. 그는 엄마를
노려본다. 달아난다. 아버지 손바닥에 놓은 눈깔
사탕도 싫지만, 그런 돈으로 사는 눈깔사탕도 싫

다. 철길에서 비스듬히 비탈진 둑에 이어, 토관이 쭉 뻗쳐 있다. 그는 그 속으로 들어간다. 토관 속을 기어 끝까지 내려가면, 거기는 알이 굵은 석탄이 많다. 둑을 굴러 내린 석탄이 흘러든 것이다. 그걸 꺼내 다 어머니를 주곤 한다. 그러나 지금처럼 엄마가 사탕 값을 주자고 할 때는, 철은 그 속에서 오래 있는다. 컴컴해서 무섭다. 그럴 때 혼자 운다. '집 없는 아이'의 루미 생각이 난다. 루미가 광산에서 일하다 굴 속에 파묻힌 일. 또 '보물섬'의 짐이, 사과통 속에서 숨을 죽이며 해적 들 얘기를 듣던 일. 그런 데 비하면 무섭지도 않다. 그는 어느새 눈물 이 걷힌다. 사과 대신에 굵은 석탄 덩어리를 한 아름 안고, 웃으면서 기 어나온다. 엄마는 입구에서 기다리다가 그만 돌아서면서 우신다. 우는 엄마는 싫지만, 그래도 밉지는 않다. 아까 유리알 주우러 들어갔을 때 도 그는, 우두커니 누워서 석탄이며 루미며 짐이며 죽은 언니의 생각을 했던 것이다. 그 유리알은 꼭, 때묻은 아버지 손바닥에 놓인 눈깔사탕 같았다. 또 석탄 알맹이였다. 또 사과였다. 지금쯤 엄마는 얼마나 주웠 을까…….

☆ 대장의 유리알과 아버지가 주는 눈깔사탕, 석탄 알갱이는 모두 어리고 약한 철이가 감당할 수 없는 폭력적이고 가난한 현실이다.

대장 또한 곱지 못한 청중의 한 사람이다. 그는 시간 내 쓸데없이 연 필만 자꾸 깎다가, 선생님이 흑판 쪽으로 돌아서기가 무섭게, 그 뾰족 한 끝으로 앞에 앉은 철의 등을 콕 찔렀다. 철은 꿈틀하면서 돌아보았 다. 대장은 입을 비쭉한다. 철은 앞을 본다. 또 콕 찌른다. 철은 이번에 는 돌아보지는 않고, 몸짓으로만 피한다. 또 콕 찌른다. 그 때. 철이 발 딱 일어서면서 대장을 한 대 쳤다. 대장은 피한다는 게 그만 의자에서 굴러떨어졌다. 콰당. 요란스런 소리에 깜짝 놀란 선생님은, 돌아봤다.

대장은 엉덩방아를 찧은 채. 철은 그 앞에.

"이리 나와요, 두 사람."

피고들은 교탁 앞에 나란히 섰다.

"어떻게 된 거예요?"

사실은 다 알고 있다. 철이 같은 순한 아이를 대장 앞에 앉힌 것을 뉘우친다.

"어떻게 된 거예요?"

선생님은 조금 목소리를 높였다. 철은 대답하지 않는다. 대장의 입에서야 무슨 말이 있을 리 없다. 선생님은 역정이 난다.

"말해 봐요. 철이?"

여전히 철은 입을 열지 않는다. 노란 얼굴. 관자놀이에 돋은 핏줄. 꼭 다문 입술. 퍼뜩 누군가의 그렇게 꼭 다문 입술을 떠올린다. 그 꼭 다문 입술이 얄미워진다. ☞ 선생님은 자신을 화나게 하는 다른 누군가를 떠올리고 있다.

"못 말해요?"

대답이 없다. 선생님은 아주 골이 났다.

"좋아요. 두 사람 다 저기 가서 있어요."

두 아이는 교단 옆에 두 사람의 의장병처럼 선다. 의장병 치고는 사기가 말이 아니다. 더구나 철은 금방 울음을 터뜨릴 듯 입술을 깨물었다. 이 때 반장이 불쑥 일어선다.

"선생님. 철인 아무 잘못두 없습니다."

국어책 외듯 가락이 섞인 투로 낭독(?)한다.

초등필수
단어장

철길 기차가 다닐 수 있게 튼튼한 나무를 깔고 그 위에 쇠 두 줄을 나란히 놓은 길
청중(聽衆) 강연, 연설, 노래 같은 것을 들으려고 모인 사람들
피고(被告) 소송을 당한 측의 당사자
역정(逆情) 흔히 웃어른이 크게 내는 화를 높여 이르는 말
관자놀이 사람 눈과 귀 사이에 있는 맥박이 뛰는 자리
의장병(儀仗兵) 국가 경축 행사나 외국 사절에 대한 환영, 환송 의식 등의 임무를 하는 병사

선생님을 흘깃 창밖을 보고 나서,

"좋아요. 싸우는 사람은 다 나빠요."

그녀는 시계를 본다. 다 됐다. 그녀는 다 그린 거북선을, 아까운 듯 가에서부터 천천히 지워 버렸다. 책을 덮었다.

"오늘은 이만. 납부금을 아직 안 낸 사람은 모레까지는 꼭 가져올 것. 모레도 못 가져올 사람은 부모님 모시고 와요. 당번은 소제를 마치면 검사 받으러 올 것. 그만."

반장이 일어선다.

"차려. 종례 끝."

선생님은 교실을 나갔다.

아이들은 와르르 일어서면서, 도둑놈이, 훔친 물건을 푸대에 처넣듯, 필통과 책을 가방 속에 쑤셔 박기 시작한다.

혹시 그 사이 연락이 있지나 않았을까. 그랬다면 좀 거북하다. 직원실에는 교감 선생뿐이다. 들어오는 그녀를 흘낏한 채 도로 서류에 눈길을 떨군다. 전달이 없었구나. 그렇다면……. 그녀는 자리에 앉아서 출석부를 정리하기 시작했다. 시계를 본다. 창밖을 내다본다. 어느새 하늘은 흐려 있다. 나무 잎새가 흔들린다. 비가 오시려나. 그녀의 마음도 어지간히 흐려 있다. 따르릉. 전화는 교감 선생 책상 위에 있다. 그녀는 몸이 굳어지는 것을 느낀다.

선생님의 생각

"……선생님, 전화."

교감 선생은 그녀를 향해 탁상 전화의 수화기를 내민다. 그녀는 한 손에 펜을 쥔 채 다른 손으로 수화기를 받았다.

"네, 네."

—점심때 연락 안 해서 화나셨지요?

"뭘요."

—하하, 죄송합니다. 오늘 거기서 일곱 시 아시겠어요?

"네, 네."

—그러면 끊겠습니다. 사면초가 속일 테니깐.

"네, 안녕히 계세요."

그녀는 수화기를 놓았다. 서류를 들여다보고 있던 교감 선생이 얼굴을 든다.

"거 웬 전화가 그렇습니까?"

소제(掃除) 청소
사면초가(四面楚歌) 누구에게도
도움받지 못하는 외롭고 힘든 처지

그녀는 빨개진다.

"왜요?"

"네, 네 네, 네 뭘요, 네 안녕히 계세요, 으아하하……."

"어머!"

그녀는 애들처럼 입을 비쭉하고 이잉을 해 보이며, 제 자리로 도망쳐 버렸다. 그러자 선생들이 하나둘 들어서며, 책상을 정리하기 시작한다.

어떤 선생은 창가에서,

"허, 한 소나기 할 것 같은데……."

"가물더니……."

"와야지."

모두들 하늘을 살핀다. 검은 구름은 이제 하늘을 반이나 가렸다. 교감이 자리에서 말한다.

"퍼붓기 전에 갑시다. 애들도 빨리 보내세요……. 방사능입니다."

그녀에게는 반가운 소리였다. 어수선한 통에 내놓고 갈 채비를 챙기기 시작한다. 사면초가 속일 테니깐……. 후훗. 말 잘했어. 앞으론 학교에는 전화 못 하게 해야지.

"소제 끝났습니다."

그녀의 담임 반 학생이다.

"응 그래? 그럼 좋아요. 오늘은 검사 안 할 테니 비 오시기 전에 빨리 돌아가요."

"네."

웬 떡일까 싶은 아이는, 잰걸음으로 직원실을 나와 문을 닫으면서, 혀를 낼름 빼물었다. 다음엔 깡충 뛰어올랐다가 공처럼 교실로 달려갔다.

반시간 후에는 학교는 텅 비었다.

선생님도 아이들도 다 돌아갔다.

비는 마침내 쏟아지기 시작했다.

후두둑 첫 줄기가 땅에 닿는가 하더니, 서곡도 도입부도 말고 주 **악장**이 대뜸 걸차게 쏟아져 내렸다. 사방이 캄캄해진 속에 퍼붓듯 세찬 비다. 번쩍. 번개가 친다. 꽝. 마치 누군가 태양에 검은 보자기를 씌워 놓고, 그 어두운 그늘 밑에서 하늘 둑을 허물어 놓고는 미친 듯이 좋아 날뛰며 껄껄대는 모양으로, 비는 억수로 퍼붓는다. 우뢰 소리가 지나가면 그 뒤통수를 후려치듯, 또 하나의 우뢰 소리가 그 뒤를 쫓아간다. 굉장한 비다.

대장과 철은 교실 창문에 붙어 서서 밖을 내다보고 있다. 소제 검사 받으러 갔던 아이가 돌아왔을 때 대장은 물었다.

"우린?"

"몰라…… . 암 말 안 하셨어."

당번 아이들은 책가방을 꿰기가 무섭게, 달아나 버렸다. 그들을 따라갈 만큼 대장은 악한이 아니다. 그들은 기다렸다. 아이들이 달음질쳐 교문을 빠져나가고, 선생님들이 하나둘 나가고. 선생님의 모습은 보지 못했다. 인제 오실 테지. 교실에 있어도 학교가 텅 빈 걸 알 수 있었다. 그러자 비가 쏟아지기 시작한 것이다. 두어 시간 가깝게 내리는 비는 누그러지기

> **초등필수 단어장**
>
> 잰걸음 보폭이 짧고 빠른 걸음
> 악장(樂章) 교향곡, 협주곡 들처럼 여러 작은 악곡이 모여서 하나가 되는 곡에서 하나하나의 작은 악곡

는커녕 점점 기승해 간다. 대장은 철을 힐끗 본다. 철
은 창턱에 매달려서 빗발을 보고 있다. 입을 꼭 다물
었다. 자식.

"선생님 계실까?"

"……."

대장도 창밖으로 눈을 돌린다. 교문 옆 늘어진 버들이, 몸부림치듯
흔들린다. 가는 실가지가 꼭 풀어 헤친 머리카락이다. 몽롱한 안개가
낀 속처럼 흐릿하게 보인다. 우르릉 꽝. 쉴 새 없이 천둥이 친다. 눅눅
해진 공기 속에 지린내가 확 퍼진다. 여기서 변소는 가깝다. 우르릉 꽝.

"야, 굉장한데."

"……."

"임마, 우린 어떡허지?"

"……."

창 밑을 빗물이, 콸콸 흘러간다.

대장은 창에서 떨어진다.

"야, 선생님 간 거 아냐?"

"……."

그 말에는 철의 낯빛도 달라진다.

"너 가 보지 않을래?"

"선생님 계신가 말야."

"……."

"그럼 내가 갔다 올 테야."

대장이 막 움직이려는 때, 삐걱 문 소리가 났다. 그는 딱 멈춰 서서 꼼짝 않는다. 그뿐 기척이 없다. 대장과 철은 문간을 노려본다. 확 퍼지는 지린내. 대장은 끝내 교실을 나선다. 복도도 어둡다. 터널 속 같다. 그는 발끝으로 걸어간다. 사실은 그럴 필요가 없었다. 양철 지붕에 비 뿌리는 소리는 달리는 열차 바퀴 소리만큼은 했으니까. 대장은 교무실까지 왔다. 한참 서 있었다. 목을 쏙 빼고, 안을 들여다본다. "안 계셔." 그는 돌아선다. 그제야 직원실 문이 잠긴 것을 안다. 그는 자물쇠를 덜컥거려 본다. 대장은 달음질쳐 돌아왔다. 교실 문을 발칵 연다.

"안 계셔. 선생님들 아무두 안 계셔."

"……."

철의 노란 얼굴이 어두워진다.

"임마, 큰일 났어. 어떡헐래?"

"응?"

"어떻게?"

"피래미. 집에 가얄 거 아냐?"

"……."

가? 내일 선생님이 경치면……. 납부금을 안 낸 사람은 모레까지 꼭 가져올 것. 모레도 못 가져올 사람은 부모님 모시고 와요…….

"선생님은 가셨단 말이야. 잊어먹었지 뭐야!"

"어떡허지?"

"……."

이번에는 대장이 가만있는다. 곧 대꾸한다.

"가."

"집에?"

"그럼."

"야단맞을려구."

"그럼 여기서 자?"

"그래두……."

"월요일 올 때 아버지 모시구 오자, 응? 그럼 되잖아?"

아버지. 아버지……. 죽지도 못허구 쿨럭…… 장대 같은 자식을 앞세우구…… 음…… 하나님두 무엇두 다 없어……. 때묻은 손바닥. 끈적거리는 눈깔사탕.

"가."

철은 움직이지 않는다. 어머니라두 모시구 올까……. 부모님 모시구와요……. 철아, 학교서 돈 재촉허지? 아냐, 괜찮어. 오냐, 이 달 안으로 꼭 만들 테니…….

☆ 철이는 대장의 말처럼 학교에 부모님을 모셔올 수가 없다. 아프고 가난한 부모님 생각이 철이의 머리를 마구 스쳐 지나간다. 그래서 선생님의 허락을 받지 않고 집에 가는 것을 더욱 망설이고 있다.

"가."

그래도 철은 가만있는다. 콸 콸 콸. 물 내려가는 소리. 텅 빈 어두운 교실. 지금 학교엔 두 사람 말고는 아무도 없다. 번갯불이 번쩍할 때마다, 무서움에 질린 두 아이의 얼굴이 서로 마주본다. 대장은 졸라 댄다.

"가."

대장은 혼자 갈 생각은 없다. 가방을 메고 서서 철을 조른다. 그러면서 잡아끌지는 않는다. "가." 하는 목소리도 어중간하다. 이렇게 한쪽은 가방을 메고, 한쪽은

초등필수
단어장

양철(洋鐵) 주석을 입힌 얇은 철판. 깡통이나 석유통을 만드는 데 쓴다.
경치다 몹시 심하게 혼나다.

창문에 달라붙은 채, 아마 한 시간이나, 그 이상을 또 보냈다. 시간도 어지간히 된 모양이다. 한결 어둡다. 비는 여전하다. 대장은 또 한 번 흥얼댄다.

"가. 피래미."

피래미. 철은 대장을 노려보더니, 말없이 자기 책상으로 가서 가방을 집어 들었다. 팔을 뀐다. 툭. 낡은 멜빵이 끊어진 것이다. 대장은 보고만 있는다. 철은 고친다.

운동장에 나서기 전에 그들은 저으기 망설였다. 금방 직원실 문이 열리며, 선생님이 달려 나올 것만 같은 생각이 든다. 그들은 교무실 창으로 다시 한 번 안을 들여다보았다. 캄캄해서 잘 보이지 않는다. 기둥에 걸린 야광 시계판이, 파랗게 어둠 속에 돋아나 보인다. 그들은 현관으로 돌아왔다. 비는 이만저만이 아니다. 처마 밑에 선 그들은 금세 함빡 젖어 버렸다. 운동장을 가로질러 교문을 나선다. 교문에서 큰길까지는, 양쪽으로 흙 둑이 높이 솟았다. 그 사이는 길이다. 작은 산을 꼭대기에서 아래까지 길이로 허물어 내고, 그 사이로 낸 길 같다. 그들은 손을 잡고 걸어간다. 큰길에 다 왔을 때 그들 앞에는 어려움이 가로막혔다. 아까까지 말라붙었던 도랑에는, 흙탕물이 요란스레 넘쳐 흐르고 있다. 이 도랑은, 교문 앞을 가로질러 가는 길가의 하수도 뚜껑이 부서진 자린데, 위쪽 토관의 널찍한 아가리가 쏟아 내는 물은, 곤두박질치면서 아래쪽 토관의 아가리로 빨려 들어간다. 토관이 부서진 거리가 꼭 교문에서 이리로 나온 길 폭과 같은 데다, 토관까지 바싹 둑이 뻗쳤기 때문에, 이 도랑을 건너지 않고는 큰길로 나갈 수가 없다.

☆ 철이가 대장의 유리알을 주우러 들어갔던 토관이다.
세찬 비로 토관에 물이 넘치고 있다.

도랑에는 디딤돌이 놓였다. 먼저 건너간 사람들이 놓은 모양이다. 돌은 크고 펑퍼짐하지만, 물살이 휘감고 돌아가는 모양이 좀 무섭지 않다. 대장은 철을 쿡 찌른다.

"건너가."

철은 달달 떨기만 한다. 배고프고 춥다.

"가."

철은 움직이지 않는다.

대장은 큰맘 먹은 듯, 한 발 도랑으로 다가선다. 하나, 둘, 셋.

디딤돌은 셋이다. 대장은 훌쩍 뛰었다. 첫째 번 돌 위에 선다. 또 한 번. 다음에 한 번. 대장은 마침내 건넜다. 그는 저 쪽에서 소리친다.

"괜찮아. 뛰어."

철은 한 발 내디디다 만다.

"피래미."

피래미. 철은 대장을 짜린다. 대장은 손짓을 한다. 손끝에서 물이 흐른다. 비는 여전하다. 철은 잘 겨냥하고 뛰었다. 첫째 디딤돌 위에.

"그래. 아무것도 아냐."

대장이 부추긴다. 또 한 번. 둘째 디딤돌 위에 섰다. 철은 씨익 웃는다. 하나만 남았다. 대장이 좋아한다.

"됐어."

철은 와락 무서워진다. 저 편까지가 굉장히 멀어 보인다. 비는 사정없이 뿌리고. 두 아이는 물속에 담갔다 낸 쥐 꼴이다.

"뭐가 무서워. 피래미."

피래미. 철은 이를 악물고 몸을 날린다. 미끈. 철은 모로 넘어졌다. "엄마야." 물살이 덮친다. 아래쪽 토관 아가리로 빨려 들어갔다. 순식간의 일이다. 대장은 철의 외마디도 들은 것 같지 않다.

그 때 달려오는 사람이 있다. 지나가던 사람인 모양이다. 그는 토관쪽을 바라보며 숨찬 소리로 묻는다.

"네 동무니?"

"……."

대장은 멍한 채 고개만 끄덕인다.

"야, 이거 큰일 났구나!"

남자는 아래위를 살핀다. 토관은 이 자리 말고는 땅에 드러난 곳이 없다.

"야, 이거 큰일 났구나!"

그는 같은 소리만 외치면서 발을 구른다.

"애, 나 갔다 올게, 여기 있어!"

그는 달려갔다.

한참 만에 행인은, 순경 두 사람과 함께 나타났다.

"어? 어디 갔어?"

대장은 보이지 않았다.

"여기 있으라구 했는데……."

"저 구멍이란 말이지요?"

"네, 지나다가 보니까, 한 아이는 이 쪽에서 기다리고, 한 아이는 저디딤돌을 그렇지요, 한 절반 건너온 모양 같더니 그만……. 순식간이라

어쩔 도리가 없었습니다."

"이거 큰일 났구나!"

경관도 똑같은 소리를 한다.

"여보 황 순경, 빨리 서루 연락하시오. 나는 학교 쪽을 알아볼 테니……."

황이라 불린 경관은 오던 길을 달려갔다. 비는 여전히 억수로 퍼붓는다.

"그리고 선생께서 한 사람뿐인 목격자이시니깐, 수고스런 대로 좀 계셔 줘야겠습니다."

"네, 네, 그거야 하, 그런데 한 애는 어디루 갔을까요?"

"글쎄올시다. 알아봐야지요."

경관과 목격자는, 근처에서 큰 돌을 굴려다가 디딤돌을 늘이고 도랑을 건너, 교문을 들어섰다.

한 시간 후에 현장에는 올 만한 사람들이 거의 모였다. 교장, 교감, 담임 여선생, (깜빡 잊었던 아이들 생각이 나서 그녀가 자동차로 달려온 때는 벌써 늦은 때였다.) 경찰서장, 양쪽의 학부형. 철의 편에서 온 것은 어머니였다. 여선생은 광란을 일으킨 사람처럼 몸부림친다. 토관 쪽으로 달려가려는 그녀를, 교감이 붙잡고 있다. 그녀는 지친 듯 축 늘어진다. 교감의 팔에 안긴 채 목을 힘없이 젖힌다. 목을 타고 가슴으로 빗물이 흘러든다.

"진정하시오."

교감은 딸 같은 나이의 동료의 귀에 대고, 그렇게 말한다. 선생님보다 더 미친 듯이 몸부림치는 것은 철의 어머니다. 이 쪽은 교장이 붙들고 있다. 억수로 퍼붓는 빗속에서 사람들은 주고받는다.

"하수도는, 훨씬 내려가서 강으로 빠지게 돼 있으니, 시체 수색도 어렵습니다."

서장의 말이다.

"얘는……."

미안한 듯 물어보는 대장의 아버지. 서장이 받는다.

"글쎄요. 그 동안에 없어진 것인데……."

"그 사이가 얼마나 됐지요? 선생께서 파출소에 갔다 오신 시간이?"

"네, 한 십 분? 더 짧았는지도 모르겠군요. 제 잘못이었습니다. 데리고 갔어야 했는데……."

대장의 아버지는 얼핏, 토관 쪽에 눈길을 던진다.

경관이 대답한다.

"글쎄올시다. 설마……. 놀란 김에 혼자 집에 갔거나, 에, 친구 집에 갔거나……. 아무튼 시내 각 서에 알렸으니까 그 쪽은 곧 밝혀질 것입니다."

경관의 말은 옳다.

이 쪽은 곧 밝혀질 것이다. 그러나 방향이 반대다.

시내 쪽이 아니고 교외로 나온 길을 대장은 걷고 있다. 비는 여전하고, 인제 아주 밤이다. 대장은 자꾸 걸어간다. 꽝. 번갯불이 비쳐 내는 길 옆에 죽 늘어선 포플러 나무. 번갯불이 걷히면 캄캄하다. 대장의 모습도 어둠 속에 파묻힌다. 학교에서는 훨씬 떠나온 지점이다. 천둥이

지나가면 그 뒤통수를 갈기듯, 다른 천둥이 쫓아간다. 번쩍, 일순간 환히 밝혀진 길 위에, 타박타박 걸어가는 대장의, 죄끄만 모습이 드러난다. 그의 손이 호주머니에서 빠지면서, 반짝반짝 무엇인가 길바닥에 버리는 것이 보인다. 이내 시커먼 어둠에 묻혀 버린다.

꾕장한 비다.

논술실력을
쑥쑥
늘려줘요

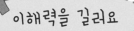

이해력을 길러요

1 여러분 자신이 철이라고 생각하고, 지금 자신이 어떤 상황에 처해 있는지 설명해 보세요.

2 이 소설에서 '토관'은 어떤 곳인가요?

3 이 소설을 읽은 감상을 한 편의 독후감으로 완성해 보세요.

논리력을 길러요

1 이 소설에서 대장이 철이에게 한 행동을 살펴봅시다. 대장 입장에서 이것을 폭력이라고 생각했을까요? 그런데도 그것이 폭력이 될 수밖에 없는 이유를 곰곰이 생각해 보고 자신의 의견을 말해 봅시다.

표구된 휴지

이범선
1920~1981

지은이를
알아 보아요!

이범선 선생님은 평안남도에서 태어났습니다. 고등학교를 졸업한 후 은행원으로 근무하다 일제 말기에 탄광으로 끌려갔습니다.

광복 후 월남하여 동국대학교 국문과를 졸업하고 거제고등학교, 휘문고등학교, 숙명여자고등학교에서 교편을 잡았습니다. 후에는 한국외국어대학과 한양대 교수로 재직하였습니다.

고등학교 교사로 재직 중에 소설을 발표하기 시작하여 어두운 현실을 고발하는 사실적인 작품들을 썼습니다. 대표작으로 〈암표〉, 〈학마을 사람들〉, 〈오발탄〉, 〈피해자〉, 〈밤에 핀 해바라기〉 등이 있습니다.

은행에서 일하는 친구가 어느 날 구겨진 종이를 들고 나를 찾아왔습니다. 그것은 어느 청년이 차곡차곡 모은 돈을 은행으로 싸 가지고 온 낡은 종이였습니다.

그 안에 담긴 삐뚤빼뚤한 글씨의 편지를 보고 친구는 표구를 해 달라고 부탁했습니다. 아마도 시골에 있는 늙은 아버지가 아들에게 보낸 편지였을 그 종이를 벽에 걸어 놓고, 나는 피곤할 때면 그것을 보는 버릇이 생겼습니다. 그 서툰 글씨가 내 마음속으로 깊이 들어왔던 것입니다.

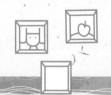

'표구된 휴지'는 1960~1970년대 서울을 배경으로 하고 있습니다. 그 때는 많은 젊은이들이 일자리를 찾기 위해 고향을 떠나 서울로 모여들었습니다. 이 소설 속의 청년도 그 중 하나이지요.

매일 은행에 들러 꼬깃꼬깃 접은 몇 푼의 돈을 저금하는 얼굴이 꺼먼 청년. 그에게 보내진 고향 편지를 은행 직원과 화가가 우연히 보게 됩니다. 편지에는 시골에 있는 부모님이 멀리서 청년을 생각하고 걱정하는 마음이 담겨 있었습니다.

투박하게 시골 마을의 안부를 전하는 그 편지는 쓰다 남은 창호지에 삐뚤삐뚤 그려져 있었습니다. 그러나 두 친구는 휴지 조각처럼 구겨진 그 종이가 국보만큼 소중하다고 생각했답니다.

그래서 그것을 표구하여 벽에 걸어 놓지요. 제목의 '표구된 휴지'는 그런 의미랍니다.

이제 여러분도 그 편지를 함께 읽을 것입니다. 맞춤법도 맞지 않고 띄어쓰기도 되어 있지 않아 빨리 읽히지 않지만, '천천히 따라가다 보면 그 안에 담긴 소중한 것이 무엇인지 여러분도 알게 될 것입니다.

표구된 휴지

니 무슨주변에고기묵건나. 콩나물무거라. 참기름이나마니쳐서무
그라.

　누렇게 뜬 창호지에다 먹으로 쓴 편지의 일절이다. 언제부터인가 나
는 피곤할 때면 화실 한쪽 벽에 걸린 그 조그마한 액자의 편지를 읽는
버릇이 생겼다. 그건 매우 서투른 글씨의 편지다. 앞부분과 끝부분은
없고 중간의 일부분만인 그 편지는 누가 누구에게 보낸 것인지도 알 수
없다. 다만 그 내용으로 미루어 시골에 있는 늙은 아버지—어쩌면 할아
버지일지도 모른다—가 서울에 돈 벌러 올라온 아들에게 쓴 편지라는
것이 대충 짐작될 따름이다. 사실은 그 편지가 노인이 쓴 것으로 생각
되는 까닭은 그 내용도 내용이려니와 그보다도 더 그 편지의 종이나 글
씨에 있는지도 모른다. 아마 어느 가을에 문을 바르고 반 장쯤 남았던

창호지를 용케 생각해 내서 벽장 속을 뒤져 먼지를 떨고 손바닥으로 몇 번이나 쓸어 펴서 적당히 두루마리 모양이 나게 오린 것이리라. 누렇게 뜬 종이 가장자리가 삐뚤삐뚤하다. 거기에 사연을 먹으로 썼다. 순 한글—아니 이 편지에서만은 <u>언문</u>이라는 말이 좀 더 어울릴까—로 쓴 그 글씨가 재미있다. 붓으로 썼다기보다 무슨 꼬챙이에 먹을 찍어서 그린 것 같은 글자는 단 한 자도 그 획의 먹 농도가 고른 것이 없다. 그뿐 아니라 글자의 획들이 모두 사개가 물러나서 이상스레 헐렁한데 그런 글자들이 또 제각기 제멋대로 방향을 잡고 아무렇게나 눕고 서고 했다. 그러니 글줄이 바를 리는 만무고.

☆ '질서가 무너져서'라는 뜻이다.

창호지(窓戸紙) 흔히 문이나 창에 바르는 얇은 종이
언문(諺文) 옛날에 한글을 낮추어 이르던 말
사개 상자의 모퉁이나 기둥의 모서리 등이 서로 맞물리도록 꼭 맞게 파낸 부분

니떠나고 메칠안이서송아지낳다. 그 녀석눈도 큰게 잘자란다. 애비
보다제에미를더달맛다고 덜한다.

이 대문에서는 송아지 석 자가 딴 글자보다 좀 크고 먹 색깔도 진하
다. 나는 언제나 이 액자를 보면 그 사연보다 그 글씨로 하여 먼저 미소
짓게 된다.

베적삼 고름은 헐렁하니 풀어 헤쳤고 잠방이 허리는 흘러내려 배꼽
이 다 드러난 촌로들이 마을 어귀 느티나무 그늘에 모여, 더러는 마주
하고 장기를 두고 옆의 한 노인은 부채질을 하다 졸고 또 어떤 노인은
장죽을 쑤시는가 하면 때가 새까만 목침을 베고 누운 흰머리는 서툰 가
락의 시조를 읊고.

그 크고 작고, 진하고 연하고, 삐뚤삐뚤한 글자들. 나는 거기서 노인
들의 구수한 농지거리를 들을 수 있다.

압논벼는 전에만하다. 뒷밭콩은전해만못하다. 병정갓던덕이돌아
왔다. 니서울돈벌레갔다니까, 소우숨하더라.

이 편지 액자는 사실은 내 것이 아니다. ✦ 과거로 돌아가, 편지 액자를 얻게 된
경위에 대해 이야기하려 하고 있다.
삼 년 전 가을이었다. 저녁 무렵 친구가 찾아왔다. 어느 은행 지점
장인가 지점장 대리인가 하는 그 친구는 퇴근길에 잠깐 들렀다는 것이
었다.

"부탁이 있는데."

"부탁? 설마 은행가가 가난한 화가더러 돈을 꾸란 건 아닐 게고."

나는 농담으로 그를 맞아들였다.

"그런 건 아니고……. 이거 좀 보게."

그는 신문지로 돌돌 만 것을 불쑥 내밀었다.

"뭔데. 그림인가?"

"글쎄 펴 보게. 그림이라면 그림이고 글이라면 글인데 그게……. 국보급이야."

친구는 장난기 어린 눈으로 안경 속에서 웃고 있었다. 나는 조심조심 신문지를 폈다. 그건 아무렇게나 구겨서 던졌던 휴지를 다시 편 것이었다.

"뭔가, 이건?"

"한번 읽어 보게나."

친구는 눈으로, 내가 들고 있는 휴지를 가리켰다. 나는 그 구겨졌던 종이 위에 먹으로 쓴 글자를 한 자 한 자 읽으면서 속으로 철자법을 교정해야 했다.

"무슨 편지 같군."

"그래."

"무슨 편진가?"

"나도 모르지."

"그런데!"

"어쨌든 재미있지 않나. 뭔가 뭉클하는 게 있단 말야."

"좀 그런 것 같긴 하지만……."

초두필수
단어장

대문(大文) 이야기나 글 등의 특정한 부분
베적삼 삼베로 지은 여름용 홑저고리
잠방이 옛날에 흔히 농사꾼들이 일할 때 입던 반바지
촌로(村老) 시골에 사는 늙은이
장죽(長竹) 긴 담뱃대
목침(木枕) 나무로 만든 베개
농지거리 점잖지 아니하게 함부로 하는 장난이나 농담을 낮잡아 이르는 말
교정(校訂) 남의 문장 또는 출판물의 잘못된 글자나 글귀 등을 바르게 고침

"바가지에 담아 내놓은 옥수수 냄새 같은, 뭐 그런 게 있잖아."

"흠, 자넨 역시 길을 잘못 들었어."

나는 웃었다. 그는 나와 중학교 동창이다. 그 시절 그는 문학 서적에 취해 있는 문학 소년이었다. 선생님들도 그의 소질을 인정하고 있었다. 그런데 그는 결국 상과 대학엘 갔다. 고등학교에서의 배치에 의해서였다.

"그거 표구할 수 있겠지?"

"표구?"

"그래."

"그야 할 수 있겠지. 창호지니까."

"난 그런 걸 잘 모르지 않나. 그래 화가인 자네 생각을 했지 뭔가. 자네가 어디 적당한 표구사에 맡겨서 좀 해 주지 않겠나?"

"그야 어렵지 않지만……. 자네도 어지간히 호사가군. 이걸 표구해서 뭘 하나. 도대체 어디서 주워 온 건가, 이 휴지는?"

'나'에게는 아직 이 편지가 휴지 조각에 불과하다. 큰 관심 없이 휴지의 출처를 묻고 있다.

"아닌 게 아니라 정말 휴지통에서 주운 거지."

그 친구 은행 창구에 저녁때면 날마다 빼지 않고 들르는 지게꾼이 있단다. 은행 문 앞에 지게를 벗어 세워 놓고는 매우 죄송스러운 태도로 조용히 은행 안으로 들어서는 스물댓 나 보이는 그 꺼먼 얼굴의 청년을 처음엔 안내원이 막았다.

"뭐지요?"

"예, 예, 저어……."

"여긴 은행이오, 은행!"

120

"예, 그러니까 저 돈을……."

청년은 어리둥절해서 말도 제대로 하지 못했다.

"글쎄, 은행이라니까!"

"예, 그런데 그 조금도 할 수 있습니까?"

"조금이라니 뭘 말이오?"

"저금을 조금두 할 수 있습니까?"

"저금요!"

은행 안의 모든 시선들이 그 지게꾼에게로 쏠렸다.

청년은 점점 더 당황하였다. 얼굴이 붉어져서 돌아서 나가려는 그를 불러 세운 것은 예금 창구의 여직원이었다. 청년은 손에 말아 쥐고 있던 라면 봉지에서 꼬깃꼬깃한 백 원짜리 지폐 다섯 장과 새로 새긴 목도장을 꺼내어 떨리는 손으로 여직원에게 바쳤다. 청년은 저만치 한구석으로 가 서서 불안스러운 눈으로 멀리 여직원을 지켜보고 있었다. 한참 만에 그는 흠칫 놀랐다. 생전 처음 그는 씨 자가 붙은 자기 이름을 들었던 것이다. 그는 여직원 앞으로 달려와 빳빳한 통장을 받았다. 청년은 여직원과 안내원에게 굽실굽실 절을 하고는 한 손에 통장을 받쳐 든 채 들어올 때처럼 조심스럽게 유리문을 밀고 나갔다. 통장을 확인할 경황도 없이.

다음 날부터 그 청년은 매일 저녁 무렵이면 꼭꼭 들렀다. 하루에 이백 원 혹은 삼백 원 또 어떤 날은 오백 원. 그의 통장에는 입금만 있고 출금난은 비어 있었다. 이제는 제법 안내원과는 익숙해졌으나 여직원 앞에서는 여전

표구(表具) 그림, 붓글씨 같은 미술 작품을 액자나 족자, 병풍으로 꾸미는 일
호사가(好事家) 일을 벌이기를 좋아하는 사람
지게꾼 지게를 진 사람
목도장(木圖章) 나무로 만든 도장

꼬박꼬박 은행에 들러 저금하는 것을 보고, 은행 직원들은 청년이 매우 부지런하고 성실한 사람임을 알았을 것이다.

히 얼굴을 붉히며 수고를 끼쳐서 대단히 죄송하다는 표정 그대로였다.

　그런던 어떤 날이었다. 그 날은 여느 날보다 조금 일찍 청년이 은행
엘 들렀다.

"오늘은 일찍 오셨네요. 얼마 넣으시겠어요?"

여직원이 미소로 물었다.

"예, 기게……. 오늘은 좀……."

청년은 무언가 종이 뭉텅이를 들고 머뭇거렸다.

"왜요?"

"이거 정말 죄송합니다. 이거 얼마 되지도 않는 걸 동전으루……. 그동안 저금통에 넣었던 걸 오늘 깨었죠. 기래 여기 이렇게……."

청년은 종이에 싼 것을 내밀었다.

"아이, 많이 모으셨네요."

"죄송합니다. 정말 이거……."

청년은 뒤통수를 긁적거리며 언제나 그가 서서 기다리는 구석으로 갔다.

"이게 바로 그 지게꾼 청년이 동전을 싸 가지고 온 종이지."

친구는 내 손의 편지를 가리켰다.

"그래, 그럼 그의 집에서 그 청년에게 보낸 편지란 말인가?"

"글쎄, 반드시 그렇다고는 할 수 없겠지. 동전을 세는 여직원을 거들어 주다가 우연히 발견하고 재미있다고 생각돼서 가지고 온 것뿐이니까."

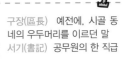

우물집 할머니 하루 앞고 갔다. 모두 잘 갔다 한다. 장손이 장가 갔다. 색씨는 너머 마을 곰 보 영감 딸이다. 구장네 탄실이 시집간다. 신랑은 읍의 서기라더라. 앞집 순이가

☆ 고향 마을에서 일어난 일들을 무뚝뚝하게 전하는 편지.
그러나 그 무뚝뚝한 말투 속에서 아들에 대한 걱정과
진한 애정이 배어난다.

구장(區長) 예전에, 시골 동네의 우두머리를 이르던 말
서기(書記) 공무원의 한 직급

어제저녁 감자살마치마에가려들고 왔더라. 순이는 시집안갈끼라하
더라. 니는빨리장가안들어야건나.

나는 비시시 웃음이 새어 나왔다. 편지 내용도 그렇고 친구의 장난기
도 그랬다.

어쨌든 나는 그 창호지를 아는 표구사에 맡겼다. 그게 어떤 편지냐고
묻는 표구사 주인한테는,

"굉장한 겁니다. 이건 정말 국보급입니다."
하고 얼버무렸다. 표구사 주인은 머리를 기웃거렸다.

그 후 나는 그 창호지 편지를 감감히 잊어버리고 있었다. 그런데 은
행 친구가 어느 외국 지점으로 전근이 되었다. 비행기가 떠날 때 나는
문득 그 편지 생각이 났다.

니떠나고 메칠안이 서송아지났다.

그 길로 나는 표구사로 갔다. 구겨진 휴지였던 그 편지는 깨끗이 펴
져서 액자 속에 들어 있었다. 그렇게 치장하고 보니 그게 정말 무슨 국
보나 되는 것 같았다.

돈조타. 그러나너거엄마는 돈보다도 너가더조타한다. 밥묵고배아
프면소금한줌무그라하더라. ✩ 아들이 돈 벌려고 애쓰다 몸에 탈이 나지나
않을까 걱정인 부모님의 마음을 느껴 보자.

그 날부터 그 액자는 내 화실에 그냥 걸어 두었다. 그저 걸어 둔 거다. 그런데 그게 이상하게도 차츰 내 화실의 중심점이 되어 갔다. 그건 그림 같기도 하고 글 같기도 하다. 아니 그건 분명 그 둘이 합쳐진 것이었다.

나는 친구가 외국으로 떠나고 이태 동안 그 액자를 간간 바라보고 있는 사이에 차츰 그 친구의 심정을 느껴 알 것 같아졌다.

☆ 처음에는 대수롭지 않게 걸어 놓았던 편지가 점점 '나'의 삶에서 중요해지고 있다. 이제 '나'는 이 편지의 의미와 친구의 마음을 이해하게 된다.

니 무 순주변에고 기 묵건나. 콩나물 무거라. 참기름 이나마니쳐서무그라.

순이는 시집안갈끼라하더라. 니는빨리장가안들어야건나.

돈조타. 그러나너거엄마는 돈보다도 너가더조타한다.

그리고 채 이어지지 못하고 끊어진 맨 끝줄.

밤에는 솟적다솟적다하며새는 운다마는 ……

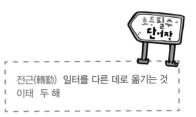

전근(轉勤) 일터를 다른 데로 옮기는 것
이태 두 해

짧은 글 짓기

1 창호지
2 촌로
3 농지거리
4 표구
5 이태

이해력을 길러요

1 이 소설의 제목인 '표구된 휴지'는 무엇을 가리키는 것인가요?

2 다음은 이 소설의 사건을 서술되어 있는 그대로 나열한 것입니다. 이를 시간의 흐름대로 다시 배열해 보세요.

---

① 나는 피곤할 때면 벽에 걸려 있는 액자의 편지를 읽는 버릇이 생겼다. 그것은 서툰 글씨로 쓰인, 시골 아버지가 아들에게 보낸 편지이다.
② 어느 날 은행에서 일하는 친구가 찾아와 편지를 표구해 달라고 부탁했다.
③ 친구의 은행 창구에 지게꾼 청년이 매일 찾아와 돈을 입금했다.
④ 어느 날 청년이 저금통에 모았던 동전을 종이에 싸 가지고 왔다.
⑤ 나는 편지를 표구사에 맡겼다가 한동안 잊고 있었는데, 친구가 외국으로 떠날 때 문득 그 편지가 생각났다.
⑥ 나는 편지가 든 액자를 화실에 걸어 두었다.

---

3 이 소설 속의 '나'는 창호지 편지를 쓴 사람이 누구라고 짐작하고 있나요?

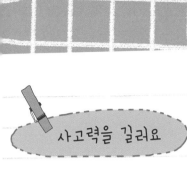

사고력을 길러요

1 이 소설 속 편지의 내용을 다시 한 번 음미하며, 띄어쓰기와 맞춤법에 맞게 써 보세요.

니무슨주변에고기묵건나. 코나물무거라. 참기름이나마니쳐서무그라.

니떠나고메칠안이서송아지낫다. 그너석눈도크게잘자란다. 애비보다제에미를더 달맛다고덜한다.

압논벼는전에만하다. 뒷밭콩은전해만못하다. 병정갓던덕이돌아왓다. 니서울돈 벌레갓다니까, 소우슴하더라.

우물집할머니하루알고갓다. 모두잘갓다한다. 장손이장가갓다. 색씨는너머마을 곰보영감딸이다. 구장네탄실이시집간다. 신랑은읍의서기라더라. 앞집순이가어 제저녁감자살마치마에가려들고왓더라. 순이는시집안갈끼라하더라. 나는빨리장 가안들어야건나.

돈조타. 그러나너거엄마는돈보다도너가더조타한다. 밥묵고배아프면소금한줌무 그라하더라.

2 편지의 글씨를 묘사한 다음 구절을 보고, 이 편지에 대해 상상의 나래를 펼쳐 보세요. 글씨 모양은 어떻게 생긴 것일까요? 글을 쓴 사람의 특징은 어떨까요? 여러분이 상상한 것을 모 두 적어 보세요.

> 붓으로 썼다기보다 무슨 꼬챙이에 먹을 찍어서 그린 것 같은 글자는 단 한 자도 그 획의 먹 농 도가 고른 것이 없다. 그뿐 아니라 글자의 획들이 모두 사개가 물러나서 이상스레 헐렁한데 그 런 글자들이 또 제각기 제멋대로 방향을 잡고 아무렇게나 눕고 서고 했다.

논술 실력을 쑥쑥 늘려줘요

논리력을 길러요

1 만약 이 편지가 표준어로 정확하게 잘 쓰인 편지였다면, 편지가 주는 느낌은 어떻게 달라졌
   을지 생각해 봅시다.

2 여러분도 서툰 글씨의 편지나 서툴게 그린 그림을 받고 감동한 경험이 있다면 그에 대한 글
   을 지어 보세요.

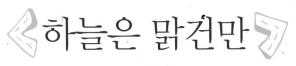

하늘은 맑건만

중학 국어 1 [두산동아, 미래엔]
중학 국어 2 [신사고, 지학사]

현덕
1909~?

지은이를
알아 보아요!

본명은 현경윤이며 소설가이자 아동 문학가입니다. 1938년 〈조선일보〉 신춘문예에 〈남생이〉가 당선되면서 등단하였습니다. 그 후 〈소년조선일보〉와 어린이 잡지 "소년"에 '노마'라는 아이가 주인공으로 등장하는 동화를 40여 편 발표하였습니다.

아이들의 심리와 행동을 사실적으로 그려 낸 작품을 많이 썼으며 대표작으로는 동화 〈남생이〉, 〈포도와 구슬〉, 그리고 소년 소설 〈집을 나간 소년〉 등이 있습니다.

6·25전쟁 중에 아동 문학가였던 동생 현재덕과 함께 월북하였습니다.

문기는 숙모의 심부름으로 고깃간에 갔다가 이상하게도 거스름돈을 많이 받게 되었습니다. 숙모나 고깃간 주인이 돈을 잘못 보고 실수를 한 것이었습니다.

문기는 친구 수만이의 말대로 그 돈을 몰래 가지고, 평소에 사고 싶었던 물건들을 샀습니다. 그 후로 수만이가 문기를 으박지르며 돈을 요구하자 문기는 숙모의 돈을 훔쳐 수만이에게 주었습니다.

문기는 이제 떳떳하게 하늘을 볼 수가 없습니다. 하늘은 여전히 맑고 푸른데 문기는 하늘을 보는 것이 두려웠습니다. 문기는 선생님 집을 찾아가 사실대로 다 말하려고 하였으나 용기가 나지 않았습니다. 문기는 맑은 하늘을 떳떳하게 마음껏 쳐다보고 싶었습니다.

한국단편을
읽기 전에

　　'하늘은 맑건만'은 우연히 도둑질을 하게 된 한 소년의 이야기
입니다. 유혹에 빠진 소년의 마음속 갈등이 잘 표현된 짧은 소설입니다.

　　일제 강점기에 쓰인 소설이지만, 지금 읽는 여러분도 많이 공감할 수 있
을 것입니다.

　　우리는 살면서 잘못을 저지르고 그것을 뉘우치곤 합니다. 이 소설 속의
문기처럼 갖고 싶은 물건이 있어 그릇된 행동을 하기도 하지요.

　　그럴 때 마음속에선 마치 큰 싸움이 벌어진 것처럼 갈등이 일어납니다.
이 소설은 그런 내적 갈등을 맑은 하늘과 소년의 어두워진 마음으로 표현하
고 있습니다.

　　또 나쁜 일을 시키는 친구와의 갈등도 그려져 있습니다. 주인공의 갈등
상황과 심리를 잘 파악하며 소설을 읽도록 합시다.

하늘은 맑건만

중문 안 안반 뒤에 숨겨 둔 공이 간 데가 없다. 팔을 넣어 아무리 더듬어도 빈탕이다. 문기는 가슴이 두근거리기 시작하였다.

'혹 동네 아이들이 집어 갔을까?'

도리어 그랬으면 다행이다. 만일에 그 공이 숙모 손에 들어가기나 했으면 큰일이다.

문기는 아무 일 없는 태도로 전날과 다름없이 안마당에서 화초분에 물을 준다. 그러면서 계속해 숙모의 눈치를 살핀다. 숙모는 부엌에서 저녁을 짓는다. 마루로 부엌으로 오르고 내릴 때 얼굴이 마주치는 것이다. 문기는 자기를 보는 숙모 눈에 별다른 것이 없다 싶었다. 문기는 차츰 생각을 고친다.

'필시 공은 거지나 동네 아이들이 집어 갔기 쉽지. 그렇잖으면 작은어머니가 알고 가만있을 리 있나.'

조금 후 문기는 아랫방으로 내려갔다.

그리고 책상 서랍을 열어 보았을 때 문기는 또 좀 놀 랐다. 서랍 속에 깊숙이 간직해 둔 쌍안경이 보이질 않 는다. 그것뿐이 아니다. 서랍 안이 뒤죽박죽이고 누가 손을 댔음이 분명하다.

'인제 얼마 안 있으면 작은아버지가 회사에서 돌아오시겠지. 그리고 필시 일은 나고 말리라.'

문기는 책상 앞에 돌아앉아 책을 펴 들었다. 그러나 눈은 아물아물 가슴은 두근두근 도무지 글이 읽어지질 않는다.

중문(中門) 절이나 한옥에서 대문 안에 하나 더 세운 문. 또 는 뜰로 들어갈 때 지나는 문.
안반 떡메로 떡을 칠 때 쓰는 두꺼운 널빤지

며칠 전 일이다. 문기는 저녁에 쓸 고기 한 근을 사 오라고 숙모에게 지전 한 장을 받았다. 언제나 그맘 때면 사람이 붐비는 삼거리 고깃간 이다. 한참을 기다려서 문기 차례가 왔다. 문기는 지전을 내밀었다. 뚱 뚱보 고깃간 주인은 그 돈을 받아 둥구미에 넣고 천천히 고기를 베어 저울에 단 후 종이에 말아 내밀었다. 그리고 그 거스름돈으로 아, 지전 아홉 장과 그 위에 은전 몇 닢을 얹어 내주는 것이 아닌가. 문기는 어 리둥절하였다. 처음 그 돈을 숙모에게 받을 때와 고깃간 주인에게 내밀 때까지도 일 원짜리로만 알았던 것이다. 문기는 돈과 주인을 의심스레 쳐다보았다. 허나 그는 다음 사람의 고기를 베느라 분주하다. 문기는 주뼛주뼛하는 사이 사람에게 밀려 뒷줄로 나오고 말았다. 그러나 다시 생각하면 정말 숙모가 일 원짜리를 준 것인지 아닌지 모르겠다. 아니라 면 도리어 큰일이 아닌가. 하여튼 먼저 숙모에게 알아볼 일이었다. 문 기는 집을 향해 돌아가면서도 연해 고개를 기웃거리며 그 일을 생각하 였다. 내가 잘못 본 것인가, 고깃간 주인이 잘못 본 것인가 하고.

골목 모퉁이를 꺾어 돌아섰다. 서너 칸 앞을 서서 동무 수만이가 간 다. 문기는 쫓아가 그와 나란히 서며,

"너 집에 인제 가니?"

하고 어깨에 손을 걸고,

"이거 이상한 일 아냐?"

"뭐가 말야?"

"고길 사러 갔는데 말야. 난 일 원짜리로 알구 냈는데 십 원으로 거 슬러 주니 말야."

134

"정말야? 어디 봐."

문기는 손바닥을 펴 돈과 또 고기를 보였다. 수만이는 잠시 눈을 꿈벅꿈벅 무슨 궁리를 하는 듯 문기 얼굴을 보고 섰더니,

"너 이렇게 해 봐라."

"어떻게 말야?"

"먼저 잔돈만 너희 작은어머니에게 주는 거야."

"그리고 어떡해?"

"그리고 아무 말 없거든 내게로 나와. 헐 일이 있으니."

"무슨 헐 일?"

"글쎄 그러구만 나와. 다 좋은 일이 있으니."

마침내 문기는 수만이가 이르는 대로 잔돈만 양복 주머니에서 꺼내 놓았다. 숙모는 그 돈을 받아 두 번 자세히 세어 보고 주머니에 넣고는 아무 말 없이 돌아서 고기를 씻는다. 그래도 문기는 한동안 머뭇머뭇 눈치를 보다가 슬며시 밖으로 나갔다. 그리고 문밖엔 수만이가 이상한 웃음으로 그를 맞이하였다.

수만이가 있다던 좋은 일이란 다른 것이 아니었다. 거리에서 보고 지내던 온갖, 가지고 싶고 해 보고 싶은 가지가지를 한 번 모조리 돈으로 바꾸어 보자는 것이다. 그러나 문기는,

"돈을 쓰면 어떻게 되니?"

"염려 없어. 나 하는 대로만 해."

하고 머뭇거리는 문기 어깨에 팔을 걸고 수만이는 우

초등필수
단어장

지전(紙錢) 종이에 인쇄를 하여 만든 화폐
둥구미 짚으로 둥글고 울이 깊게 걸어 만든 그릇. 주로 곡식이나 채소 따위를 담는 데에 쓰인다.
은전(銀錢) 은으로 만든 돈
주뼛주뼛 주밋주밋. 망설이며 머뭇거리는 모양.
연해 행위나 현상이 끊이지 않고 계속

☆ 문기가 자기 잘못을 친구 탓으로 돌리고 있다. 이런
작은 선택이 후에 문기에게 어떤 영향을 미치는지 보자.

쭐거리며 걸음을 옮긴다. 하긴 문기 역시 돈으로 바꾸고 싶은 것이 없지
않은 터, 그리고 수만이가 시키는 대로 끌려 하기만 하면 남이 하래서 하
는 것이니까 어떻게 자기 책임은 없는 듯싶었다. 그리고 수만이는 수만이
대로 돈은 문기가 만든 돈, 나중에 무슨 일이 난다 하여도 자기 책임은 없
으니까 또 안심이었다. 이래서 두 소년은 마침내 손이 맞고 말았다. ☆ 의견이 맞고

그래도 으슥한 골목을 걸을 때에는 알 수 없는 두려움에 가슴이 두근
거리었으나, 밝은 큰 행길로 나오자 차차 다른 기쁨으로 변했다. 길 좌

주인공의 심리 변
화를 파악하며
소설을 읽는 것도
중요하다.

우편 환한 상점 유리창 안의 온갖 것이 모두 제 것인 양, 손짓해 부르는
듯했다. 드디어 그들은 공을 샀다. 만년필을 샀다. 쌍안경을 샀다. 만
화책을 샀다. 그리고 활동사진 구경도 갔다. 다니며 이것저것 군것질도
했다.

그리고 그 나머지 돈으로 또 한 가지 즐거운 계획이 있었다. 조그만
환등 기계 한 틀을 사자는 것이다. 이것을 놀려 아이들에게 일 전씩 받
고 구경을 시킨다. 그리고 여기서 나오는 것으로 두고두고 용돈에 주리
지 않도록 하자는 계획이다. 하고 오늘 저녁부터 그 첫 착수를 하자는
약조였다.

그러나 이 즐거운 계획을 앞두고 이내 올 것이
오고 말았다. 안방에서 저녁상을 받고 앉았던 삼촌
은 문기를 불렀다. 두 번 세 번 문기야, 소리가 아랫
방 창을 울린다. 방 안에서 문기는 못 들은 양 대답
하지 않는다. 그러나 네 번째는 안방 미닫이를 열고
삼촌은,

초등필수 단어장

활동사진(活動寫眞) 움직이는 사
진이라는 뜻으로, 예전에 '영화'를
이르던 말
환등 기계(幻燈機械) 강한 불빛을
사진 필름에 비추어 확대경을 통해
영상이 크게 보이게 하는 장치
놀리다 기구나 도구를 사용하다.
착수(着手) 어떤 일을 시작하는 것
미닫이 옆으로 밀어 여닫는 문

"문기 아랫방에 없니?"

댓돌 위에 신이 놓여 있는데 없는 양할 수는 없다. 기어이 문기는 그 삼촌 앞에 나가 무릎을 꿇고 앉지 않을 수 없었다. 삼촌은 잠잠히 식사를 계속한다. 그 상 밑에 안반 뒤에 숨겨 두었던 공이 와 있다. 상을 물릴 임시에 삼촌은 입을 열었다. ☆ 소설의 첫머리에서 문기가 두려워하던 일이 벌어진 것이다. 문기가 느꼈던 두려움을 생각해 보고, 문기에게 얼마나 큰 충격일지 생각하자.

"너 요새 학교에 매일 갔었니?"

"네."

삼촌은 상 밑에 그 공을 굴려 내며,

"이거 웬 공이냐?"

"수만이가 준 공예요."

"이것두?"

하고 삼촌은 무릎 밑에서 쌍안경을 꺼내 들었다.

"네."

"수만이란 뭣 하는 집 아이냐?"

문기는 고개를 숙이고 앉아 말이 없다. 삼촌은 숭늉을 마시고 상을 물렸다.

"네 입으로 수만이가 줬다니 네 말이 옳겠지. 설마 네가 날 속이기야 하겠니? 하지만 남이 준다고 아무것이고 덥적덥적 받는다는 것두 좀 생각해 볼 일이거든."

삼촌은 다시 말을 계속한다.

"말 들으니 너 요샌 저녁두 가끔 나가 먹는다더구나. 그것두 수만이에게 얻어먹는 거냐?"

문기는 벌겋게 얼굴이 달아 수그리고 앉았다. 삼촌은 잠시 묵묵히 건너다만 보고 있더니 음성을 고쳐 엄한 어조로,

"어머님은 어려서 돌아가시구 아버지는 저 모양이시구 앞으로 집안을 일으킬 사람은 너 하나야. 성실치 못한 아이들하고 어울려 다니다혹 나쁜 데 빠지거나 하면 첫째 네 꼴은 뭐구 내 모양은 뭐냐? 난 너 하나는 어디까지든지 공부도 시키구, 사람을 만들어 주려구 애를 쓰는데너두 그 뜻을 받아 주어야 사람이 아니냐."

그리고 삼촌은 이렇게 뒤뚝 맘 한번 잘못 가졌다가 영 신세를 망치고마는 예를 이것저것 들어 말씀하고는 이후론 절대 이런 것 받아들이지말라는 단단한 다짐을 받은 후 문기를 내보냈다.

문기는 아랫방에 내려와 혼자 되자, 삼촌 앞에서보다 갑절 얼굴이 달아올랐다. 지금까지 될 수 있는 대로 생각지 않으려고 힘을 써 오던 그편에 정면으로 제 몸을 세워 놓고 보지 않을 수 없었다. 그러자 자기라는 몸은 벌써 삼촌의 이른바 나쁜 데 빠지고 만 것이다. 그야 자기는 수만이가 시켜서 한 일이니까 잘못이 없다는 것이지만, 당초에 그것은 제허물을 남에게 밀려는 얄미운 구실이 아니고 뭐냐. 그리고 문기는 이미삼촌을 속이었다. 또 써서는 아니 될 돈을 쓰고 말았다. 아아, 일찍이어머니를 여의고 아버지란 사람은 일상 천 냥 만냥 하고 허한 소리만 하면서 남루한 주제에 거처가없이 시골, 서울로 돌아다니는 사람이고, 어려서부터 문기를 길러 낸 사람이 삼촌이었다. 그리고 조카의 장래를 자기의 그것보다 더 중히 알고 염려하

며 잘되어 주기를 바라는 삼촌이었다. 그 삼촌의 기대에 어그러지지 않
는 인물이 되어 보이겠다고 엊그제 주먹을 쥐고 결심하던 문기가 아니
냐. 생각할수록 낯이 뜨거워지는 일이다. 마침내 문기는 공과 쌍안경
을 집어 들고 문밖으로 나갔다. 어둑어둑 저물어 가는 행길이다. 문기
는 골목으로 들어섰다. 대낮에 많은 사람 가운데에서 거리낌 없이 가지
고 놀던 그 공이 지금은 사람이 드문 골목 안에서도 남이 볼까 두려워
졌다. 컴컴해질수록 더 허옇게 드러나 보이는 커다란 공을 처치하기에
곤란해 문기는 옆으로 꼈다 뒤로 돌렸다 하며 사람의 눈을 피한다. 쌍
안경이 든 불룩한 주머니가 또 성화다. 골목 하나를 돌아서 나올 즈음

문기는 모르고 흘리는 것인 양 슬며시 쌍안경을 꺼내 길바닥에 떨어뜨렸다. 그리고 걸음을 빨리하여 건너편 골목으로 들어간다. 개천가 앞에 이르렀다. 거기서 문기는 커다란 공을 바지 앞에 품고 앉아서 길 가는 사람이 없기를 기다린다. *사이가 조금 생긴*

자전거가 가고 노인이 오고 (동이 뜬) 그 중간을 타서 문기는 허옇게 흐르는 물 위로 공을 던져 버렸다. 이어 양복 안주머니에 간직해 두었던 나머지 돈을 꺼내 들었다. 그것도 마저 던져 버리려다가 문득 들었던 손을 멈춘다. 그리고 잠시 둥실둥실 물을 따라 떠나가는 공을 통쾌한 듯 바라보다가는 돌아서 걸음을 옮긴다.

문기는 삼거리 고깃간을 향해 갔다. 그리고 뒷골목으로 돌아가 나머지 돈을 종이에 싸서 담 너머로 그 집 안마당을 향해 던졌다. *이 때 문기의 심리는 어떻게 변화했는가를 파악하며 읽는다.*

(그제야 문기는 무거운 짐을 풀어논 듯 어깨가 거뜬했다.) 아까 물 위로 둥실둥실 떠 가던 그 공, 지금은 벌써 십 리고 이십 리고 멀리 떠 갔을 듯싶은 그 공과 함께 문기는 자기의 허물도 멀리 사라져 깨끗이 벗어난 듯 속이 후련했다. 그리고,

"다시는, 다시는……."

하고 문기는 두 번 다시 그런 허물을 범하지 않겠다고 백 번 다지며 집을 향해 돌아간다. 그러나 문기는 그것만으로는 도저히 자기 허물을 완전히 벗을 수 없었다. 그가 자기 집 어귀에 이르렀을 때 뜻하지 않은 것

이 기다리고 있다 나타났다.

"너 어디 갔다 오니?"

하고 컴컴한 처마 밑에서 수만이가 튀어나오며 반긴다.

"지금 느이 집에 다녀오는 길이다."

그리고 문기 어깨에 팔 하나를 걸고 행길을 향해 돌아서며,

"어서 가자."

약조한 환등 틀을 사러 가자는 것이다. 극장 앞 장난 가게에 있는 조 그만 환등 틀을 오고 가는 길에 물건도 보고 가격도 보아 두었던 것이 다. 그리고 오늘 낮에도 보고 온 것이언만 수만이는,

"그새 팔리지나 않았을까?"

하고 걸음을 재촉한다. 문기는 생각 없이 몇 걸음 끌려가다가는 갑자기 그 팔을 쳐 내리며 물러선다.

"난 싫다."

수만이는 어리둥절해 쳐다본다.

"뭐 말야? 환등 틀 사기 싫단 말야?"

"난 인제 돈 가진 것 없다."

"뭐?"

하고 수만이는 의외라는 듯 눈이 둥그레지다가는 금세 능청스런 웃음 을 지으며,

"너 혼자 두고 쓰잔 말이지. 그러지 말구 어서 가자."

"정말 없어. 지금 고깃간 집 안마당으로 던져 주고 오는 길야. 공두 쌍안경두 버리구."

하고 문기는 증거를 보이느라고 이 쪽 저 쪽 주머니를 털어 보이는 것이나 수만이는 흥 하고 코웃음을 친다.

"누군 너만 못 약을 줄 아니?"

그리고 연실 빈정댄다.

"고깃간 집 마당으로 던졌다? 아주 핑계가 됐거든."

"거짓말 아니다. 참말야."

할 뿐, 문기는 어떻게 변명할 줄을 몰라 쳐다보기만 하다가 고개를 떨어뜨리고 울상을 한다.

"오늘 작은아버지에게 막 꾸중 듣구. 그리고 나두 인젠 그런 건 안 헐 작정이다."

"그래도 나하구 약조헌 건 실행해야지. 싫으면 너는 빠져도 좋아. 그럼 돈만 이리 내."

하고 턱밑에 손을 내민다.

"정말 없대두 그래."

수만이는 내밀었던 손으로 대뜸 멱살을 잡는다.

"이게 그래두 **느물거든**."

이런 때 마침 기침을 하며 이웃집 사람이 골목으로 들어서자 수만이는 슬며시 물러선다. 그러나,

"낼은 안 만날 테냐. 어디 두고 보자!"

하고 피해 가는 문기 등을 향해 소리쳤다.

이튿날 아침이다. 학교를 가는 길에 문기가 큰 행길로 나오자 맞은편 **판장**에 **백묵**으로 커다랗게 '김문기는' 하

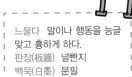

느물다 말이나 행동을 능글맞고 흉하게 하다.
판장(板牆) 널빤지
백묵(白墨) 분필

고 그 밑에 동그라미 셋을 쳐 'ㅇㅇㅇ했다' 하고 써 있다. 그리고 학교 어귀에 이르러 삼거리 잡화상 빈지판에도 같은 것이 씌어 있는 것이다. 문기는 이번에도 무춤하고 보다가는 얼른 모자를 벗어서 이름자만 지워 버렸다. 그러는 것을 건너편 길모퉁이에서 수만이가 일그러진 웃음으로 보고 섰다. 그리고 문기가 앞으로 지나가자,

"왜 겁이 나니? 지우게."

하고 뒤를 오면서 작은 소리로,

"그래, 정말 돈 너만 두고 쓸 테냐. 그럼 요건 약과다."

그리고 수만이는 추군추군하게 쫓아다니며 은근히 골리었다.

철봉 틀 옆에 정신없이 선 문기를 불시에 다리오금을 쳐 골탕을 먹게 하였다. 단거리 경주 연습을 하는 척 달음박질을 하다가는 일부러 문기 앞으로 달려들어 몸째 부딪는다.

그리고 으슥한 곳에서 단둘이 만나는 때면 수만이는,

"너 네 맘대루만 허지. 나두 내 맘대루 헐 테다. 내 안 풍길 줄 아니, 풍길 테야."

☆ 소문 냄

하고 손을 들어 꼽는다.

"풍기기만 하면 첫째 학교에서 쫓겨날 것이요, 둘째 너희 집에서 쫓겨날 것이요, 그리고 남의 걸 훔친 거나 일반이니까 또 그런 곳으로 붙들려 갈 것이요."

하고는 또

"풍길 테다."

사실 그 다음 시간 교실을 들어갔을 때 문기는 크게 놀랐다.

144

칠판 한가운데,

"김문기는 ○○○했다."

가 커다랗게 씌어 있다. 뒤미처 선생님이 들어왔다. 일은 간단히 선생님이 한 번 쳐다보고 누구 장난이냐 하고 쓱쓱 지워 버리고는 고만이었지만 선생님이 들어오고 그것을 지우기까지의 그 동안 문기는 실로 앞이 캄캄했다.

그러나 수만이는 그것으로 그만두지 않았다. 학교를 파해 거리로 나와서는 한층 심했다. 두어 칸 문기를 앞세워 놓고 따라오면서 연해 수만이는,

"앞에 가는 아이는 공공공했다지."

그리고 점점 더해 나중엔 도적질을 거꾸로 붙여서,

"앞에 가는 아이는 '질적도'했다지."

하고 거리거리 외며 따라오는 것이다.

문기 집 가까이 이르렀다. 수만이는 문기 앞으로 다가서며 작은 음성으로 조졌다.

"너 지금으로 가지고 나오지 않으면 낼은 가만 안 둔다. 도적질했다하구 똑바루 써 놀 테야." ☆ 문기와 수만이 사이의 갈등이 점점 커지고 있다.

문기는 여전히 못 들은 척 걸음만 옮긴다. 자기 집 마당엘 들어섰다. 숙모는 뒤꼍에서 화초 모종을 하는지,

"여기 심어라, 저기 심어라."

하고 아랫집 심부름하는 아이와 이야기하는 소리가

초등필수
단어장

빈지판 한 짝씩 끼웠다 떼었다 할 수 있게 만든 문짝
무춤하다 놀라거나 어색한 느낌이 들어 갑자기 하던 짓을 멈추다.
다리오금 무릎 뒤쪽의 오목한 부분
모종 옮겨 심으려고 씨앗을 뿌려 가꾼 어린 풀이나 나무. 또는 그것을 옮겨 심는 일.

소설 속의 갈등

소설은 대개 '갈등'을 통해 사건이 전개되고 주제가 나타난다. '하늘은 맑건만'에서도 문기 마음속에서 일어나는 갈등과 그 해결이 소설의 중심이 되고 있다. 또 문기와 수만이 사이의 마찰과 갈등이 이야기를 흥미진진하게 이끌어 간다.

날 뿐 집 안엔 아무도 없다.

그리고 눈앞에 보이는 붓장 안 앞턱에 잔돈 얼마와 지전 몇 장이 놓여 있다. 그리고 문밖엔 지금 수만이가 돈을 가지고 나오기를 기다리고 섰다. 여기서 문기는 두 번째 허물을 범하고 말았다.

"진작 듣지."

하고 빙그레 웃는 수만이 얼굴에다 뺨을 때리듯 돈을 던져 주고 문기는 달아났다.

급한 걸음으로 문기는 네거리 하나를 지났다. 또 하나를 지났다. 또 하나를 지났다. 걸음은 차차 풀이 죽는다. 그리고 문기는 이런 생각을 하였다.

'나는 몰래 작은어머니 돈을 축냈다. 그러나 갚으면 고만 아니냐. 그 돈 값어치만큼 밥도 덜 먹고 학용품도 아껴 쓰고 옷도 조심해 입고 이렇게 갚으면 고만 아니냐.'

몇 번이고 이 소리를 속으로 되내며 문기는 떳떳이 얼굴을 들고 집으로 들어갈 수 있을 만한 뱃심을 만들려 한다. 그러나 일없이 공원으로 거리로 돌며 해를 보낸다.

날이 저물어서 문기는 풀이 죽어 집 마루에 걸터앉았다. 숙모가 방에서 나오다 보고,

"너 학교에서 인제 오니?"

그리고 이어,

"너 혹 붓장 안의 돈 봤니?"

146

하다가는 채 문기가 입을 열기 전에 숙모는,

"학교서 지금 오는 애가 알겠니. 참 점순이 고 년 앙큼헌 년이드라. 낮에 내가 뒤꼍에서 화초 모종을 내고 있는데 집을 간다고 나가더니 글쎄 돈을 집어 갔구나."

문기는 잠잠히 듣기만 한다. 그러나 속으로는 갚으면 고만이지 소리를 또 한 번 외어 본다.

그 날 밤이었다. 아랫방 들창 밑에 훌쩍훌쩍 우는 어린아이 울음소리가 났다. 아랫집 심부름하는 아이 점순이 음성이었다. 숙모가 직접 그 집에 가서 무슨 말을 한 것은 아니로되 자연 그 말이 한 입 걸러 두 입 걸러 그 집에까지 들어갔고 그리고 그 집 주인 여자는 점순이를 때려 쫓아낸 것이다. 먼저는 동네 아이들이 모여 지껄지껄하더니 차차 하나 가고 둘 가고 훌쩍훌쩍 우는 그 소리만 남는다. 방 안의 문기는 그 밤을 뜬눈으로 새웠다.

☆ 또다시 문기의 마음속 갈등이 심화되고 있다. 문기의 마음속에서는 양심과 두려움 사이에 싸움이 벌어지고 있을 것이다.

이튿날 아침이다. 문기는 밥을 두어 술 뜨다가는 고만둔다. 뭐 그 돈을 갚기 위한 그것이 아니다. 도시 입맛이 나지 않았다. 학교엘 갔다. 첫 시간은 수신 시간, 그리고 공교로이 제목이 '정직'이다.

☆ 일제 강점기의 도덕 과목

선생님은 뒷짐을 지고 교단 위를 왔다 갔다 하며 거짓이라는 것이 얼마나 악한 것이고 정직이 얼마나 귀하고 중한 것인가를 누누이 말씀한다. 그리고 안경 쓴 선생님의 그 눈이 번쩍 하고 문기 얼굴에 머물렀다 가고 가고 한다. 그럴 때마다 문기는 가슴이 뜨끔뜨끔해진다. 문기는 자기 한 사람에게만

초등필수 단어장

붓장 부엌 벽의 안쪽이나 바깥쪽에 붙여 만든 장. 간단한 그릇 따위를 보관하는 데 쓴다.
뱃심 제 고집대로 일해 나가는 태도나 힘
일없이 아무런 까닭이나 실속 없이
들창 문을 위로 들어서 여는 창. 벽 위쪽에 작게 만든다.
지껄지껄하다 약간 큰 소리로 자꾸 떠들썩하게 이야기하다.
도시(都是) 도무지
수신(修身) 몸과 마음을 바르게 가꾸는 것

들리기 위한 정직이요, 수신 시간인 듯싶었다. 그만치 선생님은 제 속을 다 들여다보고 하는 말인 듯싶었다.

운동장에서도 문기는 풀이 없다. 사람 없는 교실 뒤 버드나무 옆 그런 데만 찾아다니며 고개를 숙이고 깊은 생각에 잠기거나 팔짱을 찌르고 왔다 갔다 하기도 한다. 그러다 누가 등을 치면 소스라쳐 깜짝깜짝 놀란다.

언제나 다름없이 하늘은 맑고 푸르건만 문기는 어쩐지 그 하늘조차 쳐다보기가 두려워졌다. 자기는 감히 떳떳한 얼굴로 그 하늘을 쳐다볼 만한 사람이 못 된다 싶었다.

언제나 다름없이 여러 아이들은 넓은 운동장에서 마음대로 뛰고 마음대로 지껄이고 마음대로 즐기건만 문기 한 사람만은 어둠과 같이 컴컴하고 무거운 마음에 잠겨 고개를 들지

전일(前日) 전날
책보(册褓) 책을 싸는 보자기

148

못한다. 무엇보다도 문기는 전일처럼 맑은 하늘 아래
서 아무 거리낌 없이 즐길 수 있는 마음이 갖고 싶다. 떳
떳이 하늘을 쳐다볼 수 있는, 떳떳이 남을 대할 수 있는
마음이 갖고 싶었다.

　오후 해 저물녘이다. 문기는 책보를 흔들흔들 고개
를 숙이고 담임 선생님 집 앞을 왔다가는 무춤하고
섰다가 그대로 지나가고 그대로 지나가고 한다.
세 번째는 드디어 그 집 문 안을 들어서서 선생
님을 찾았다. 선생님은 문기를 안방으로 맞아

들였다. 학교에서 볼 때 엄하고 막막하던 선생님은 의외로 부드러이 웃는 낯으로 문기를 대한다. 문기는 선생님 앞에 엎드려 모든 것을 자백할 결심이었었다. 그런데 선생님의 부드러운 태도에 도리어 문기는 말문이 열리지 않았다. 다음은 건넌방에서 어린애가 울어 못 했다. 다음은 사모님이 들락날락하고 그리고 다음엔 손님이 왔다. 기어이 문기는 입을 열지 못한 채 물러나오고 말았다.

먼저보다 갑절 무겁고 컴컴한 마음이었다. 도저히 문기의 약한 어깨로는 지탱하지 못할 무거운 눌림이다. 걸음은 집을 향해 가는 것이지만 반대로 마음은 멀어진다. 장차 집엘 가서 대할 숙모가 두려웠고 삼촌이 두려웠고 더욱이 점순이가 두려웠다.

어느덧 걸음은 삼거리를 지나고 있었다. 문기 등 뒤에서 아주 멀리 뺑뺑 하고 자동차 소리와 비켜라 비켜라 하는 사람의 소리가 나는 듯하더니 갑자기 귀밑에서 크게 울린다. 언뜻 돌아다보니 바로 눈앞에 자동차 머리가 달려든다. 그리고 문기는 으쓱하고 높은 데서 아래로 떨어져 가는 듯싶은 감과 함께 정신을 잃고 말았다.

얼마 동안을 지났는지 모른다. 문기가 어렴풋이 눈을 떴을 때 무섭게 전등불이 밝아 눈이 부시었다. 문기는 다시 눈을 감았다. 두 번째 문기는 눈을 뜨자 희미하게 삼촌의 얼굴이 나타나며 그것이 차차 똑똑해지더니 삼촌은,

"너 내가 누군 줄 알겠니?"

하고 웃지도 않고 내려다본다. 문기는 이것도 꿈인가 하고 한번 웃어주려면서 그대로 맑은 정신이 났다. 문기는 병원 침대 위에 누워 있었

다. 어디 아픈 데는 없으면서도 몸을 움직일 수는 없다. 삼촌은 근심스런 얼굴로 내려다본다.

"작은아버지."

하고 문기는 입을 열었다. 그리고,

"저는 마땅히 받아야 할 벌을 받은 거예요."

하고 문기는 눈을 감으며 한마디 한마디 그러나 똑똑하게 처음서부터 끝까지, 먼저 고깃간 주인이 일 원을 십 원으로 알고 거슬러 준 것, 그 돈을 써 버린 것, 그리고 또 붓장 안의 돈을 자기가 훔쳐 낸 것, 이렇게 하나하나 숨김없이 자백을 하자, 이 때까지 겹겹으로 싸고 있던 허물이 한 꺼풀 한 꺼풀 벗어지면서 따라 마음속의 어둠도 차차 사라지며 맑아 가는 것을 문기는 확실히 깨달을 수 있었다. 마음이 맑아지며 따라 몸도 가뜬해진다. 내일도 해는 뜨고 하늘은 맑아지리라. 그리고 문기는 그 하늘을 떳떳이 마음껏 쳐다볼 수 있을 것이다.

짧은 글 짓기

1 놀리다(도구를 사용하다)
2 덥적덥적
3 뒤뚱
4 무춤하다
5 뱃심

이해력을 길러요

1 문기가 하늘을 제대로 쳐다볼 수 없는 이유는 무엇입니까?

2 이 소설 속 중심인물의 성격을 정리해 보세요.

문기	
수만	

3 이 소설에서는 누가, 어떤 갈등을 일으키고 있나요? 다음 표에 정리하여 적어 보세요.

이 소설에 나오는 갈등	갈등의 종류
	마음속 갈등
	인물 간의 갈등

4 다음은 이 소설에서 벌어진 사건을 나열한 것입니다.
이 중에 시간의 흐름과 맞지 않는 것이 하나 있습니다.
시간에 맞게 다시 배열해 보세요.

① 숨겨 둔 공과 쌍안경이 없어진 것을 알고 문기는 당황하였다.
② 문기는 숙모 심부름으로 고깃간에 갔다가 이상하게도 거스름돈을 많이 받았다.
③ 문기는 공과 만년필과 쌍안경 등을 사고 활동사진 구경도 갔다.
④ 문기는 삼촌에게 꾸중을 들었다.
⑤ 문기는 공과 쌍안경을 몰래 버리고, 남은 돈을 고깃간 안마당에 던져 넣었다.
⑥ 수만이가 남은 돈을 가져오라고 문기를 협박하였다.
⑦ 문기가 숙모의 돈을 훔쳐다 수만이에게 주었다.
⑧ 문기는 삼촌에게 지금까지 자신이 저지른 모든 잘못을 고백했다.

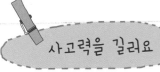
사고력을 길러요

1 시간의 흐름에 따른 주인공의 심리 변화를 그림으로 그려 표현해 보세요. 주인공의 마음속
갈등과 해소가 잘 드러나도록 그려 보세요.

갖고 싶던 공과 쌍안경을 사러 갔을 때		숙모의 돈을 훔쳐 내고 점순이가 쫓겨났을 때	
↓	↑	↓	
삼촌의 꾸지람을 들었을 때		삼촌에게 모든 사실을 고백했을 때	

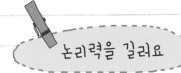

논리력을 길러요

1   다음 문기의 생각에 대해 논리적으로 반박하는 글을 써 보세요.

> 하긴 문기 역시 돈으로 바꾸고 싶은 것이 없지 않은 터, 그리고 수만이가 시키는 대로 끌려 하기
> 만 하면 남이 하래서 하는 것이니까 어떻게 자기 책임은 없는 듯싶었다.

2   문기가 두 번째 잘못을 저지른 것에 대해, 다른 방법은 없었는지 생각해 봅시다. 수만이의
    요구와 협박에 문기는 어떻게 대처할 수 있었을까요? 나라면 다른 행동을 할 수 있었을지
    각자 자기 의견을 말해 봅시다.

3   여러분이 생각하는 '정직'이란 어떤 것인가요? 적절한 예를 들며 논리적으로 설득하는 글을
    써 보세요.

달밤

고등 국어 상 [지학사, 창비]

이태준
1904 ~ ?

지은이를
알아 보아요!

이태준 선생님은 강원도 철원에서 태어났습니다. 광복 전에는 한국 모더니즘 문학을 대표하는 '구인회'로 활동하며 서정적이고 예술성 짙은 소설을 썼습니다. 그리하여 우리나라 단편 소설의 예술적인 완성도를 다진 작가로 평가받습니다.

또 이태준 선생님이 참여한 문예지 《문장》은 많은 유명 작가를 발굴하였으며, 국문학 연구의 발전에 기여하였습니다.

일제 말기에는 친일적인 성향의 작품을 쓰기도 하였으나, 1943년에 붓을 꺾고 고향에 칩거하였습니다. 그리고 해방 후부터 좌익 성향의 문학 단체 활동을 주도하다가 1946년 작가 홍명희와 함께 월북하였습니다.

대표작으로 〈달밤〉, 〈까마귀〉, 〈복덕방〉, 〈해방전후〉 등이 있습니다.

'나'는 성북동으로 이사한 후 황수건이라는 사람을 만납니다. 신문 배달을 온 황수건은 수다가 많고 어딘가 모자라 보이는 사람입니다.

그런데 매번 엉뚱한 이야기를 꺼내는 그에게 '나'는 왠지 정이 갑니다. 도시에서는 볼 수 없는 그 순박하고 천진한 모습이 좋았기 때문입니다.

황수건의 평생소원은 오직 하나, 언젠가는 정식 신문 배달원이 되는 것입니다.

그런데 하룻밤만 자고 나면 자기도 정식 배달원이 된다고 들떠 있던 황수건이 다음 날부터 보이지 않았습니다. 그 동네가 하나의 배달 구역이 되면서 황수건은 일자리를 잃게 된 것입니다.

'나'는 친구가 큰 사업에 실패하는 것을 본 것처럼 마음이 아팠습니다.

한국단편을
읽기 전에

이태준 선생님의 단편은 세련되고 아름답습니다. 깔끔하고 매력 있는 문장과 잘 짜인 구성, 개성 있는 인물이 한 데 어우러져 하모니를 이루고 있습니다.

이태준 선생님은 전통적인 것을 사랑했고, 선량하고 힘없는 사람들에게 애정을 보였습니다. '달밤'에 등장하는 황수건도 그런 인물입니다. 인물의 특징을 잘 살피며 이 소설을 읽어 보세요.

소설에는 개성 있는 인물이 많이 등장합니다. 소설을 읽으며 여러 유형의 인물을 접해 보고 세상에 대한 이해의 폭을 넓힐 수 있답니다.

'달밤'은 1930년대 서울 성북동을 배경으로 하고 있습니다. 이태준 선생님은 실제로 가족과 함께 13년간 이 곳에 머물며 '달밤', '돌다리' 등의 작품을 썼습니다.

일제 시대였던 당시의 암울한 상황이 직접 드러나지는 않지만 그런 시대 분위기는 '밤'이라는 상징적인 시간을 통해 전달됩니다. 가난하고 모자란 사람이 함께 공존할 수 없는 현실에 대한 안타까움과 작가가 가진 인간애를 함께 느끼며 읽도록 합시다.

달밤

　성북동으로 이사 나와서 한 대엿새 되었을까, 그 날 밤 나는 보던 신문을 머리맡에 밀어 던지고 누워 새삼스럽게,

　"여기도 정말 시골이로군!"

하였다.

　뭐 바깥이 컴컴한 걸 처음 보고 시냇물 소리와 쏴― 하는 솔바람 소리를 처음 들어서가 아니라 황수건이라는 사람을 이 날 저녁에 처음 보았기 때문이다.

　그는 말 몇 마디 사귀지 않아서 곧 못난이란 것이 드러났다. 이 못난이는 성북동의 산들보다 물들보다, 조그만 지름길들보다, 더 나에게 성북동이 시골이란 느낌을 풍겨 주었다.

　서울이라고 못난이가 없을 리야 없겠지만 대처에서는 못난이들이 거리에 나와 행세를 하지 못하고, 시골에선 아무리 못난이라도 마음놓고 나와 다니는 때문인지, 못난이는 시골에만 있는 것처럼 흔히 시골에서 잘 눈에 뜨인다. 그리고 또 흔히 그는 태고 때 사람처럼 그 우둔하면서도 천진스런 눈을 가지고, 자기 동리에 처음 들어서는 손에게 가장 순박한 시골의 정취를 돋워 주는 것이다.

그런데 그 날 밤 황수건이는 열 시나 되어서 우리 집을 찾아왔다.

그는 어두운 마당에서 꽥 지르는 소리로,

"아, 이 댁이 문안서……"
☆ 사대문 안
하면서 들어섰다. 잡담 제하고 큰일이나 난 사람처럼 건넌방 문 앞으로 달려들더니,

"저, 저 문안 서대문 거리라나요, 어디선가 나오신 댁입쇼?"
한다.

보니 합비는 안 입었으되 신문을 들고 온 것이 신문 배달부다.

"그렇소, 신문이오?"

"아, 그런 걸 사흘이나 저, 저 건너 쪽에만 가 찾았습죠. 제기……."
하더니 신문을 방에 들여뜨리며,
☆ 황수건은 무슨 말이든 생각한 대로 거르지 않고 말하는 인물이다.

"그런뎁쇼, 왜 이렇게 죄꼬만 집을 사구 와 곕쇼. 아, 내가 알었더면 이 아래 큰 개와집도 많은걸입쇼……."
한다. 하 말이 황당스러워 유심히 그의 생김을 내다보니 눈에 얼른 두드러지는 것이 빡빡 깎은 머리로되, 보통 크다는 정도 이상으로 골이 크다. 그런데다 옆으로 보니 장구대가리다.
☆ 장구머리

"그렇소? 아무튼 집 찾느라고 수고했소."

☆ 초두필수 단어장

대처(大處) 사람이 많이 살고 상공업이 발달한 번잡한 지역
태고(太古) 아주 먼 옛날
동리(洞里) 마을
손 다른 곳에서 찾아온 사람
합비 일본말로 '상호가 찍힌 옷'을 이르는 말
들여뜨리다 집어서 속에 넣다.
하 정도가 매우 심하거나 큼을 강조하여 이르는 말. '아주', '몹시'의 뜻.

하니 그는 큰 눈과 큰 입을 일시에 히죽거리며,

"뭘입쇼, 이게 제 업인뎁쇼."

하고 날래 물러서지 않고 목을 길게 빼어 방 안을 살핀다. 그러더니 묻지도 않는데,

"저는입쇼, 이 동네 사는 황수건이라 합니다……."

하고 인사를 붙인다. 나도 깍듯이 내 성명을 대었다. 그는 또 싱글벙글하면서,

"댁엔 개가 없구면입쇼."

한다.

"아직 없소."

하니,

"개 그까짓 거 두지 마십쇼."

한다.

"왜 그렇소?"

물으니 그는 얼른 대답하는 말이,

"신문 보는 집엔입쇼, 개를 두지 말아야 합니다."

한다. '이것 재미있는 말이다.' 하고 나는,

"왜 그렇소?"

하고 또 물었다.

"아, 이 뒷동네 은행소에 댕기는 집엔입쇼, 망아지만 한 개가 있는뎁쇼, 아, 신문을 배달할 수가 있어얍죠."

"왜?"

양떡 '남에게 뺨을 얻어맞는 것'을 이르는 말
부르대다 남을 나무라기나 하는 듯이 야단스럽게 떠들어 대다.

"막 깨물라고 덤비는걸입쇼."

한다. 말 같지 않아서 나는 웃기만 하니 그는 더욱 신을 낸다.

"그 눔의 개, 그저 한번, 양떡을 멕여 대야 할 텐데……."

하면서 주먹을 부르대는데 보니, 손과 팔목은 머리에 비기어 반비례로 작고 가느다랗다.

"곤할 텐데 어서 가 자시오."

하니 그는 마지못해 물러서며,

"선생님, 참, 이 선생님 편안히 주뭅쇼. 저희 집은 여기서 얼마 안 되는걸입쇼."

하더니 돌아갔다.

　그는 이튿날 저녁, 집을 알고 오는데도 아홉 시가 지나서야,

　"신문 배달해 왔습니다."

하고 소리를 치며 들어섰다.

　"오늘은 왜 늦었소?"

물으니,

　"자연 그렇죠."

하고 다른 이야기를 꺼냈다.

　자기는 워낙 이 아래 있는 삼산 학교에서 일을 보다 어떤 선생하고 뜻이 덜 맞아 나왔다는 것, 지금은 신문 배달을 하나 원배달이 아니라 보조 배달이라는 것, 저희 집엔 양친과 형님 내외와 조카 하나와 저희 내외까지 식구가 일곱이라는 것, 저희 아버지와 저희 형님의 이름은 무엇무엇이며, 자기 이름은 황가인 데다가 목숨 수(壽) 자하고 세울 건(建) 자로 황수건이기 때문에, 아이들이 노랑 수건이라고 놀려서 성북동에서는 가가호호에서 노랑 수건 하면, 다 자긴 줄 알리라고 자랑스럽게 이야기하다가 이 날도,

　"어서 그만 다른 집에도 신문을 갖다 줘야 하지 않소?"

하니까 그 때서야 마지못해 나갔다.

　우리 집에서는 그까짓 반편과 무얼 대꾸를 해 가지고 그러느냐 하되, 나는 그와 지껄이기가 좋았다.

　그는 아무것도 아닌 것을 가지고 열심스럽게 이야기하는 것이 좋았고, 그와는 아무리 오래 지껄여도 힘이 들지 않고, 또 아무리 오래 지껄이고

✸ 말하기를 좋아하는 황수건은 자기 할 일도 잊어버리고 신나게 떠든다.
아마도 집집마다 이렇게 돌아다니다가 신문 배달이 늦는 것일 것이다.

나도 웃음밖에는 남는 것이 없어 기분이 거뜬해지는 것도 좋았다. 그래서 나는 무슨 일을 하는 중만 아니면 한참씩 그의 말을 받아 주었다.

어떤 날은 서로 말이 막히기도 했다. 대답이 막히는 것이 아니라 '무슨 말을 해야 할까.' 하고 막히었다. 그러나 그는 늘 나보다 빠르게 이야깃거리를 잘 찾아냈다. 오뉴월인데도 '꿩고기를 잘 먹느냐?'고도 묻고, '양복은 저고리를 먼저 입느냐, 바지를 먼저 입느냐?'고도 묻고, '소와 말과 싸움을 붙이면 어느 것이 이기겠느냐?'는 등, 아무튼 그가 얘깃거리를 취재하는 방면은 기상천외로 여간 범위가 넓지 않은 데는 도저히 당할 수가 없었다. 하루는 나는 "평생소원이 무엇이냐?"고 그에게 물어보았다. 그는 "그까짓 것쯤 얼른 대답하기는 누워서 떡 먹기"라고 하면서 '평생소원은 자기도 원배달이 한번 되었으면 좋겠다.'는 것이었다.

남이 혼자 배달하기 힘들어서 한 이십 부 떼어 주는 것을 배달하고, 월급이라고 원배달에게서 한 삼 원 받는 터이라 월급을 이십여 원을 받고, 신문사 옷을 입고, 방울을 차고 다니는 원배달이 제일 부럽노라 하였다. 그리고 방울만 차면 자기도 뛰어다니며 빨리 돌 뿐 아니라 그 은행소에 다니는 집 개도 조금도 무서울 것이 없겠노라 하였다.

그래서 나는 "그럴 것 없이 아주 신문사 사장쯤 되었으면 원배달도 바랄 것 없고 그 은행소에 다니는 집 개도 상관할 바 없지 않겠느냐?" 한즉 그는 뚱그레지는 눈알을 한참 굴리며 생각하더니 "딴은 그렇겠다."고 하면서, 자기는 경난이 없어 거기까지는 바랄 생각도 못 하였다고 무릎을 치듯 가슴을 쳤다.

양친(兩親) 부모를 달리 이르는 말
가가호호(家家戶戶) 한 집 한 집
반편(半偏) 지능이 보통 사람보다 모자라는 사람을 낮잡아 이르는 말
기상천외(奇想天外) 착상이나 생각 따위가 쉽게 짐작할 수 없을 정도로 기발하고 엉뚱함
경난(經難) 어려운 일을 겪음. 또는 그 어려움.

그러나 신문사 사장은 이내 잊어버리고 원배달만 마음에 박혔던 듯, 하루는 바깥마당에서부터 무어라고 떠들어 대며 들어왔다.

"이 선생님? 이 선생님 곕쇼? 아, 저도 내일부턴 원배달이올시다. 오늘 밤만 자면입쇼……."

한다. 자세히 물어보니 성북동이 따로 한 구역이 되었는데, 자기가 맡게 되었으니까 내일은 배달복을 입고 방울을 막 떨렁거리면서 올 테니 보라고 한다. 그리고 "사람이란 게 그렇게 무어든지 끝을 바라고 붙들어야 한다."고 나에게 일러 주면서 신이 나서 돌아갔다. 우리도 그가 원배달이 된 것이 좋은 친구가 큰 출세나 하는 것처럼 마음속으로 진실로 즐거웠다. 어서 내일 저녁에 그가 배달복을 입고 방울을 차고 와서 쫄렁거리는 것을 보리라 하였다.

그러나 이튿날 그는 오지 않았다. 밤이 늦도록 신문도 그도 오지 않았다. 그 다음 날도 신문도 그도 오지 않다가 사흘째 되는 날에야, 이 날은 해도 지기 전인데 방울 소리가 요란스럽게 우리 집으로 뛰어들었다.

'어디 보자!'

하고 나는 방에서 뛰어나갔다.

그러나 웬일일까, 정말 배달복에 방울을 차고 신문을 들고 들어서는 사람은 황수건이가 아니라 처음 보는 사람이다.

"왜 전엣사람은 어디 가고 당신이오?"

물으니 그는,

"제가 성북동을 맡았습니다."

한다.

"그럼, 전엣사람은 어디를 맡았소?"

하니 그는 픽 웃으며,

"그까짓 반편을 어딜 맡깁니까? 배달부로 쓰려다가 똑똑지가 못하니까 안 쓰고 말았나 봅니다."

한다.

"그럼 보조 배달도 떨어졌소?"

하니,

"그럼요, 여기가 따루 한 구역이 된걸요."

하면서 방울을 울리며 나갔다.

이렇게 되었으니 황수건이가 우리 집에 올 길은 없어지고 말았다. 나도 가끔 문안엔 다니지만 그의 집은 내가 다니는 길 옆은 아닌 듯 길가에서도 잘 보이지 않았다.

나는 가까운 친구를 먼 곳에 보낸 것처럼, 아니 친구가 큰 사업에나 실패하는 것을 보는 것처럼, 못 만나는 섭섭뿐이 아니라 마음이 아프기도 하였다. 그 당자와 함께 세상의 야박함이 원망스럽기도 하였다.

☆ '나'는 황수건처럼 모자란 사람도 인간답게 살 수 있기를 바라고, 황수건의 소박한 꿈이 좌절될 수밖에 없는 현실을 슬퍼한다.

한데 황수건은 그의 말대로 노랑 수건이라면 온 동네에서 유명은 하였다. 노랑 수건 하면 누구나 성북동에서 오래 산 사람이면 먼저 웃고 대답하는 것을 나는 차츰 알았다.

내가 잠깐씩 며칠 보기에도 그랬거니와 그에겐 우스운 일화도 한두 가지가 아니었다.

1930년대 성북동
사대문 밖에 있던 성북은 이 때까지 시골로 여겨지던 곳이다. 1936년, 일제가 이 곳을 경성 안으로 포함시키고 사람들을 이주시키면서 성북은 조금씩 도시의 면모를 갖추기 시작했다. 그러나 한편으로는 다리 밑 같은 곳에 움막을 짓고 살던 가난한 사람들을 모아 이 곳으로 보내기도 하였다. 그리고 훗날 이들을 태평양 전쟁에 강제 노동으로 끌고 간 아픈 역사가 담겨 있는 곳이 성북동이다.

초등필수 단어장

쭐렁거리다 매우 가볍고 경망스럽게 자꾸 행동하다.
당자(當者) 바로 그 사람

삼산 학교에 급사로 있을 시대에 삼산 학교에다 남겨 놓고 나온 일화도 여러 가지라는데, 그 중에 두어 가지를 동네 사람들의 말대로 옮겨 보면, 역시 그 때부터도 이야기하기를 대단히 즐겨 선생들이 교실에 들어간 새, 손님이 오면 으레 손님을 앉히고는 자기도 걸상을 갖다 떡 마주 놓고 앉는 것은 물론, 마주 앉아서는 곧 자기류의 만담 삼매로 빠지는 것인데, 한번은 도 학무국에서 시학관이 나온 것을 이 따위로 대접하였다. 일본말을 못 하니까 만담은 할 수 없고 마주 앉아서 자꾸 일본말을 연습하였다.

"센세이, 히, 오하요 고자이마스카……. 히히, 아메가 후리마쓰, 유키가 후리마쓰카, 히히……." ☆ "선생님, 히, 안녕하세요? 히히, 비가 옵니다. 눈이 옵니까? 히히."

시학관도 인정이라 처음엔 웃었다. 그러나 열 번 스무 번을 되풀이하는 데는 성이 나고 말았다. 선생들은 아무리 기다려도 종소리가 나지 않으니까, 한 선생이 나와 보니 종 칠 것도 잊어버리고 손님과 마주 앉아서 "오하요, 유키가 후리마쓰카……." 하는 판이다.

그 날 수건이는 선생들에게 단단히 몰리고 다시는 안 그러겠노라고 했으나, 그 버릇을 고치지 못해서 그예 쫓겨 나오고 만 것이다.

그는,

"너의 색시 달아난다."

하는 말을 제일 무서워했다 한다. 한번은 어느 선생이 장난말로,

"요즘 같은 따뜻한 봄날엔 옛날부터 색시들이 달

급사(給仕) 관청이나 회사, 가게 따위에서 잔심부름을 시키기 위하여 부리는 사람
만담(漫談) 재치 있고 익살스러운 입담으로 사람들을 웃기는 것. 또는 그런 이야기.
학무국(學務局) 대한제국 때에 각 학교와 외국 유학생에 관한 일을 맡아보던 교육 관청
시학관(視學官) 일제 강점기에, 학무국에 속하여 관내 교육 기관의 시찰을 맡아보던 관리
그예 마지막에 가서는 기어이
아랫말 '아랫마을'의 준말
하학(下學) 학교에서 그 날의 수업을 마침

아나기를 좋아하는데 어제도 저 아랫말에서 둘이나 달아났다니까 오늘
은 이 동리에서 꼭 달아나는 색시가 있을걸……."
했더니 수건이는 점심을 먹다 말고 눈이 휘둥그레졌다 한다. 그리고 그
날 오후에는 어서 바삐 하학을 시키고 집으로 갈 양으로 오십 분 만에 치
는 종을 이십 분 만에, 삼십 분 만에 함부로 당겨 쳤다는 이야기도 있다.

하루는 거의 그를 잊어버리고 있을 때,
"이 선생님, 곕쇼?"

하고 수건이가 찾아왔다. 반가웠다.

　"선생님, 요즘 신문이 거르지 않고 잘 옵쇼?"

하고 그는 배달 감독이나 되어 온 듯이 묻는다.

　"잘 오, 왜 그류?"

한즉, 또

　"늦지도 않굽쇼, 일찍이 제때마다 꼭꼭 옵쇼?"

한다.

　"당신이 돌릴 때보다 세 시간은 일찍이 오고 날마다 꼭꼭 잘 오."

하니 그는 머리를 벅적벅적 긁으면서,

　"하루라도 거르기만 해라, 신문사에 가서 대뜸 일러바치지……."

하고 그 빈약한 주먹을 부르댄다.

　"그런뎁쇼, 선생님?"

　"왜 그류?"

　"삼산 학교에 말씀예요, 그 제 대신 들어온 급사가 저보다 근력이 세게 생겼습죠?"

　"나는 그 사람을 보지 못해서 모르겠소."

하니 그는 은근한 말소리로 히죽거리며,

　"제가 거길 또 들어가 볼라굽쇼, 운동을 합죠."

한다.

☆ 여기서 운동을 한다는 것은 '무엇을 이루기
위해 이리저리 애를 쓰고 다닌다'는 뜻

　"어떻게 운동을 하오?"

　"그까짓 거 날마다 사무실로 갔죠. 다시 써 달라고 졸라 댔죠. 아, 그랬더니 새 급사란 녀석이 저보다 크기도 무척 큰뎁쇼, 이 녀석이 막 불

끈댑니다그려. 그래 한번 쌈을 해야 할 텐뎁쇼, 그 녀석이 근력이 얼마
나 센지 알아야 뎀벼들 텐뎁쇼…… 허."

"그렇지, 멋모르고 대들었다 매만 맞지."
하니 그는 한 걸음 다가서며 또 은근한 말을 한다.

"그래섭쇼, 엊저녁엔 큰 돌멩이 하나를 굴려다 삼산 학교 대문에다
놨습죠. 그리구 오늘 아침에 가 보니깐 없어졌는뎁쇼. 이 녀석이 나처
럼 억지루 굴려다 버렸는지, 뻔쩍 들어다 버렸는지 그만 못 봤거든입
쇼, 제—길……."
하고 머리를 긁는다. 그러더니 갑자기 무얼 생각한 듯 손뼉을 탁 치더
니,

"그런뎁쇼, 제가 온 건입쇼, 댁에선 우두를 넣지 마시라구 왔습죠."
한다.

"우두를 왜 넣지 말란 말이오?"
한즉,

"요즘 마마가 다닌다구 모두 우두들을 넣는뎁쇼, 우두를 넣으면 사
람이 근력이 없어지는 법인뎁쇼."
하고 자기 팔을 걷어 올려 우두 자리를 보이면서,

"이걸 봅쇼. 저두 우두를 이렇게 넣었기 때문에
근력이 줄었습죠."
한다.

"우두를 넣으면 근력이 준다고 누가 그럽디까?"
물으니 그는 싱글거리며,

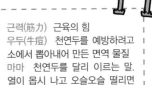

근력(筋力) 근육의 힘
우두(牛痘) 천연두를 예방하려고
소에서 뽑아내어 만든 면역 물질
마마 천연두를 달리 이르는 말.
열이 몹시 나고 오슬오슬 떨리면
서 온몸에 좁쌀 같은 것이 돋는
전염병이다.

"아, 제가 생각해 냈습죠."

한다.

"왜 그렇소?"

하고 캐니,

"뭘…… 저 아래 윤금보라고 있는데 기운이 장산뎁쇼, 아 삼산 학교 그 녀석두 우두만 넣었다면 그까짓 것 무서울 것 없는뎁쇼, 그걸 모르겠거든입쇼……."

한다. 나는,

"그렇게 용한 생각을 하고 일러 주러 왔으니 아주 고맙소."

하였다. 그는 좋아서 벙긋거리며 머리를 긁었다.

"그래 삼산 학교에 다시 들기만 기다리고 있소?"

물으니 그는,

☆ 잔심부름꾼이나 급사를 가리키는 일본어

"돈만 있으면 그까짓 거 누가 고쓰카이 노릇을 합쇼. 밑천만 있으면 삼산 학교 앞에 가서 버젓이 장사를 할 턴뎁쇼."

한다.

"무슨 장사?"

"아, 방학 될 때까지 참외 장사도 하굽쇼, 가을부턴 군밤 장사, 왜떡 장사, 습자지, 도화지 장사 막 합쇼. 삼산 학교 학생들이 저를 어떻게 좋아하겝쇼. 저를 선생들보다 낫게 치는뎁쇼."

한다.

나는 그 날 그에게 돈 삼 원을 주었다. 그의 말대로 삼산 학교 앞에 가서 버젓이 참외 장사라도 해 보라고. 그리고 돈은 남지 못하면 돌려

170

오지 않아도 좋다 하였다.

그는 삼 원 돈에 덩실덩실 춤을 추다시피 뛰어나갔다. 그리고 그 이튿날,

"선생님 잡수시라굽쇼."

하고 나 없는 때 참외 세 개를 갖다 두고 갔다.

그러고는 온 여름 동안 그는 우리 집에 얼씬하지 않았다.

들으니 참외 장사를 해 보긴 했는데 이내 장마가 들어 밑천만 까먹었고, 또 그까짓 것보다 한 가지 놀라운 소식은 그의 아내가 달아났단 것이다. 저희끼리 금슬은 괜찮았건만 동서가 못 견디게 굴어 달아난 것이라 한다. 남편만 남 같으면 따로 살림나는 날이나 기다리고 살 것이나 평생 동서 밑에 살아야 할 신세를 생각하고 달아난 것이라 한다.

그런데 요 며칠 전이었다. 밤인데 달포 만에 수건이가 우리 집을 찾아왔다. 웬 포도를 큰 것으로 대여섯 송이를 종이에 싸지도 않고 맨손에 들고 들어왔다. 그는 벙긋거리며,

★ 그는 참외 장사를 망하고, 아내도 달아난 힘든 상황이지만 자신을 도와줄 고마움을 잊지 않고 표현하고 싶어하는 사람이다.

"선생님 잡수라고 사 왔습죠."

하는 때였다. 웬 사람 하나가 날쌔게 그의 뒤를 따라 들어오더니 다짜고짜로 수건이의 멱살을 움켜쥐고 끌고 나갔다.

수건이는 그 우둔한 얼굴이 새하얗게 질리며 꼼짝 못 하고 끌려 나갔다.

나는 수건이가 포도원에서 포도를 훔쳐 온 것을 직각하였다. 쫓아 나가 매를 말리고 포도값을 물어 주었다. 포도값을 물어 주고 보니 수건이는

왜떡 밀가루나 쌀가루를 반죽하여 얇게 늘여서 구운 과자
습자지(習字紙) 글씨 쓰기를 연습할 때 쓰는 얇은 종이
동서(同壻) 형제의 아내끼리 또는 자매의 남편끼리 서로 이르는 말
달포 한 달 남짓
직각하다 보거나 듣는 즉시 곧바로 깨닫다.

깁 명주실로 바탕을 조금
거칠게 짠 비단
휘적거리다 걸을 때에 두
팔을 자꾸 몹시 휘젓다.
유감하다 느끼는 바가 있다.

어느 틈에 사라지고 보이지 않았다.

나는 그 다섯 송이의 포도를 탁자 위에 얹어 놓고 오래 바라보며 아껴 먹었다. 그의 은근한 순정의 열매를 먹듯 한 알을 가지고도 오래 입안에 굴려 보며 먹었다.

어제다. 문안에 들어갔다 늦어서 나오는데 불빛 없는 성북동 길 위에는 밝은 달빛이 깁을 깐 듯하였다. 그런데 포도원께를 올라오노라니까 누가 맑지도 못한 목청으로,

☆ 당시 유행했던 일본 가요의 한 구절이다.
'술은 눈물인가 한숨인가'의 뜻.

"사······ 게······ 와 나······ 미다카 다메이······키······카······."

를 부르며 큰길이 좁다는 듯이 휘적거리며 내려왔다. 보니까 수건이 같았다. 나는,

"수건인가?"

하고 아는 체하려다 그가 나를 보면 무안해할 일이 있는 것을 생각하고, 휙 길 아래로 내려서 나무 그늘에 몸을 감추었다.

그는 길은 보지도 않고 달만 쳐다보며, 노래는 그 이상은 외우지도 못하는 듯 첫 줄 한 줄만 되풀이하면서, 전에는 본 적이 없었는데 담배를 다 퍽퍽 빨면서 지나갔다.

달밤은 그에게도 유감한 듯하였다.

알고 나면
더 재밌어요!

짧은 글 짓기

1 양친

2 기상천외

3 쭐렁거리다

4 달포

5 휘적거리다

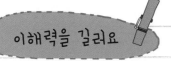

이해력을 길러요

1 서술자인 '나'와 황수건 사이에 어떤 대화가 있었는지 다시 떠올려 정리해 보세요.

2 '나'는 황수건에 대한 어떤 일화를 듣고 있나요? 여러분이 특히 재미있게 느낀 일화를 하나 찾아서 적어 보세요.

3 황수건의 외모를 묘사한 부분을 찾아 보세요.

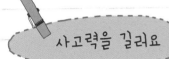
사고력을 길러요

1 이 소설의 서술자인 '나'는 어떤 위치의 사람이라고 짐작되나요?

2 '나'는 황수건에 대해 어떻게 생각하고 있나요? 그를 어떤 감정으로 대하고 있나요?

3 이 소설의 마지막 부분, 달밤 속을 걸어가는 황수건의 모습에서 여러분은 어떤 느낌을 받았
  는지 자유롭게 말해 봅시다.

논리력을 길러요

1   다음 친구들의 대화에 참여하여 자신의 의견을 밝히는 글을 써 보세요.

민지 : 황수건은 삶에 대한 진지한 자세도 없고, 자신에 대한 반성도 없어. 그가 신문 배달에서
       밀려나는 건 순전히 그의 모자람 때문이잖아. 능력이 없는 사람이 도태되는 것은 어쩔
       수 없는 일이야.

윤아 : 능력으로만 사람을 평가할 수는 없다고 생각해. 황수건이 이 선생님에게 포도를 갖다 주
       는 걸 보고 마음이 따뜻한 사람이라고 생각했어.

민지 : 하지만 그 포도도 훔쳐 가지고 온 거잖아. 그런 사람을 무조건 감싸기만 해서는 안 되지
       않을까?

윤아 : 물론 그가 모자란 사람이긴 하지만, 그런 사람도 다 함께 어울려 살 수 있다고 생각해.

나 :

원미동 사람들

양귀자
1955~

지은이를
알아 보아요!

양귀자 선생님은 전주에서 태어났습니다. 전주여고를 거쳐 원광대학교 문예
장학생으로 국문과에 입학하였습니다. 그리고 1978년에 〈다시 태어나는 아침〉
이 신인상을 수상하며 등단하였습니다.

1986년부터 1987년까지 연재한 〈원미동 사람들〉은 당시 사람들의 삶을 사
실적으로 그려 냄으로써 민중문학이 주도하던 1980년대에 독보적인 위치를 차
지하는 소설이 되었습니다.

1990년대부터는 주로 대중소설을 쓰며 〈나는 소망한다 내게 금지된 것을〉,
〈천년의 사랑〉, 〈모순〉이 큰 인기를 끌었습니다. 1992년에 〈숨은 꽃〉으로 이
상문학상을, 1996년 〈곰이야기〉로 현대문학상을 수상하였습니다.

　　어느 날 원미동 23통 5반 동네에 새로운 일이 벌어졌습니다. '김포쌀상회'가 '김포슈퍼'로 확장하며 쌀 외에 다른 생활필수품도 들여놓은 것입니다. 곧 온 동네에 김포슈퍼 물건이 매우 싸다는 소문이 퍼졌습니다.

　　그러자 그 옆에서 먼저 슈퍼 장사를 하고 있던 형제슈퍼의 김 반장은 화가 났습니다. 김 반장은 보란 듯이 쌀과 연탄을 가져다 쌓아 놓았습니다. 이러자 원미동 사람들은 매우 난처해졌습니다. 어느 가게로 가든 눈치가 보였던 것입니다. 이 때 같은 거리에 '싱싱청과물'이란 가게가 떡하니 문을 열었지요.

　　갑자기 새로운 경쟁자가 생기자 김포슈퍼와 형제슈퍼는 비밀리에 거래를 맺고 싱싱청과물 몰아내기 합동 작전에 돌입합니다.

　　'원미동 사람들'은 원미동에 사는 서민들의 삶을 그려 낸 총 11편
의 연작 소설입니다. 연작 소설이란 인물이나 사건이 서로 연관을 가지고
여러 단편이 하나로 묶여 있는 소설을 말합니다.

　　이 소설은 도시 개발이 활발히 이루어지던 1980년대 이름 없는 소시민으
로 살아가는 사람들의 힘겨운 삶, 이웃 간의 갈등과 화해, 힘든 삶 속에서도
잃지 않는 희망을 이야기하고 있습니다.

　　그 중 여기에 소개할 '일용할 양식'은 연작의 아홉 번째 편으로, 좁은 동네
안에서 서로 이웃한 가게들이 치열하게 경쟁하는 에피소드를 담았습니다.

　　모두 형편이 어려워 그렇지 않아도 각박한 생활인데 이웃 간의 불신과 싸
움으로 더욱 지쳐 가는 그들의 이야기 속으로 들어가 봅시다.

원미동 사람들

　원미동에 사는 사람들은, 아니 더 정확히 말하면, 원미동 23통 5반 사람들은 이 겨울 들어 아주 난처한 일이 하나 생겼다. 생각하기에 따라서는 무엇이 그리 대단한 일이겠느냐고, 제법 요령 있게 넘어갈 수 있는 방법이 있지 않겠느냐고 하겠지만 어쨌든 딱한 일임에는 분명하였다.

　일의 시작은 지난 연말부터였다. 여름의 원미동 거리는 가게에 딸린 단칸방의 무더위를 피하기 위해 나온 동네 사람들로 자정 무렵까지 북적이게 마련이었으나 추위가 닥치면 그렇지가 않았다. 너 나 할 것 없이 아랫목으로 파고들어서 텔레비전이나 쳐다보는 것으로 족하게 여기고, 찬바람이 씽씽 몰아치고 있을 밤거리야 상관할 바가 아니었다. 낮 동안 햇살이 밝갛게 비치어 기온이 다소 올라가도 사정은 크게 달라지지 않았다. 요즘 집집마다 유행처럼 번지기 시작한 유선 방송이라는 게 시도 때도 없이 영화를 보내 주고 있기 때문에, 사람들은 변소 갈 시간

☆ '일용할 양식'의 전 편인 '찻집 여자'에서는 행복사진관 엄씨와 인삼찻집 여자가 바람이 나서 찻집 여자가 동네를 떠나게 되는 이야기를 다루었다.

도 아끼면서 법석을 떨어 대는 아이들을 바깥으로 내몰아 놓고서 이내 텔레비전 앞에 붙어 앉는 것이다. 옥상마다 다닥다닥 붙어 있는 안테나 사정 탓인지, 따로이 선을 잇지 않아도 유선 방송이 잘 잡히더라는 집 도 더러 있었다. 날씨는 춥고, 아랫목은 따뜻하고, 눈요기할 만한 필름 은 텔레비전이 담당하였다. 그러저러 겨울이 깊어 가던 연말에, 동네 사람들은 행복사진관 엄씨가 일으킨 연애 사건으로 한동안 모이기만 하면 쑤군쑤군 입을 맞추었으나, 인삼찻집이 문을 닫아 버리고 나서는 찻집 여자와 엄씨의 관계에 초점을 모으던 화제도 시들해져 있었다.

그 때를 맞추기나 한 듯이 일이 시작된 것이다. 처음에는 어떤 일이나 그렇듯 대수롭지 않았다. '김포쌀상회'의 상호가 '김포슈퍼'로 바뀌었을 뿐인 것이다. 원래는 쌀과 연탄만을 취급하면서 23통 일대의 쌀과 연탄 을 도맡아 배달해 주던 김포쌀상회의 경호 아버지가 어지간히 돈을 모은 모양이었다. 비어 있는 옆 칸을 헐어 가게를 확장한 것이다. 김포쌀상회 가 김포슈퍼로 도약하였을 때는 응당 상호에 걸맞게 온갖 생활필수품들 이 진열대를 메우는 것은 당연한 노릇이었다. 한쪽에는 싸전을, 또 한쪽 에다는 미니 슈퍼를, 그리고 가게 앞 공터에다는 연탄을 쟁여 놓고 있는 품이 제법 거창하기까지 해서, 김포쌀상회의 눈에 뜨이는 성공은 동네 사람들을 놀라게 하였다. 충청도 산골 마을에서 야망을 품고 상경한 이 들 내외는 품팔이로 번 돈을 모아 사 년 전, 원미동에 어엿하게 김포쌀 상회를 내었다.

처음엔 고향 동네의 쌀을 받아다 파는 정도에 불과했지만, 다음 해에는 연탄 배달까지 일을 벌일

> 초등필수
> 단어장
>
> 눈요기 눈으로 보기만 하면서 어느 정도 만족을 느끼는 일
> 싸전 쌀과 그 밖의 곡식을 파는 가게

만큼 내외간이 모두 억척스럽고 성실한 일꾼이었다. 성품 또한 모난 데 없이 두루뭉술하여 어른을 알아볼 줄 알고 노상 웃는 얼굴이어서, 원미동 사람들에게 고루 인정을 받고 있었다. 그래서 김포슈퍼의 개업일에는 많은 사람들이 부러 찾아가서 과자 한 봉지, 두부 한 모라도 사 주면서 부지런한 내외의 앞날을 격려해 주었다. 김포슈퍼가 개업 기념으로 돌린 수수팥떡이 두 시루도 넘었다는 말을 입증하기나 하려는 듯, 그날은 아이들마다 모두 입가에 팥고물을 묻혀 놓고 있었다. 큰길가의 번듯한 슈퍼마켓은 아니지만, 그래도 옹색한 꼴은 면한 가게를 꾸며 놓고서 내외가 어찌나 벙싯벙싯 웃어 대는지 보기만 해도 배가 부르더라고, 이웃의 세탁소 여자가 사람들마다에 귀띔을 해 주기도 하였다.

인제 그들은 그 큰 가게를 꾸려 나가면서 더욱 착실히 돈을 모을 것이라고 강남부동산의 고흥댁 같은 이는 경호네의 성공을 여간 부러워하지 않았다. 원미동 거리에서는, 하기야 모처럼 보게 되는 사업 확장인 셈이었다. 겨울철 추운 날씨가 제아무리 기승을 떤다 해도, 손님만 북적거리면 누군들 유선 방송의 흘러간 중국 영화에나 매달려 있을까. 봄가을 잠시 반짝 일손을 재촉하고 나면 그뿐인 원미지물포나, 필름 현상이 고작인 행복사진관이나, 건전지나 형광등 몇 개 파는 정도인 써니전자 주인들이 썰렁한 가게를 놓아두고 방구석에만 처박혀 있는 것도 다 까닭이 있어서였다. 우리정육점이야 어쩌고저쩌고해도 돼지고기 반 근짜리 손님이나마 해거름에는 심심찮게 모여드니 돈이 아쉽지는 않겠지만, 겨울엔 파마머리가 잘 안 나온다고 서울미용실마저 드라이 손

억척스럽다 어렵고 힘든 일을 해 나가는 태도가 모질고 끈질기다.
시루 떡이나 쌀을 찔 때 솥 위에 얹는 둥근 그릇. 바닥에 난 구멍으로 김이 올라온다.
지물포(紙物鋪) 벽지나 장판지 같은 것을 파는 가게
해거름 해가 서쪽으로 넘어갈 때

님 몇에 매달려 난로의 연탄만 축내고 있는 형편이었다. 요새야 원미동 거리 어느 가게나 다 그렇지만, 특히 강남부동산은 아주 죽을 지경이었다. 벌써 몇 년째, 그 좋던 벌이는 다 옛말이고 말 그대로 파리만 날리고 있는 형편이 언제 나아질지 그것조차 까마득했다.

"복덕방 벌이가 시방처럼 가겟세도 못 당헐 것 겉으면 누구라고 문 열어 놓을랍디여. 인자부터 애들도 여우고 돈 쓸 일이 널린 판인디, 돈줄이 이러코롬 꽉 막혀 부렀으니 사람 환장하제이. 이런 판에 경호네 집은 참말 어쩐 일인가 몰라. 인자 막 돈줄이 붙는갑소. 운이 닿으니 저렇제, 안 그려 봐, 암만 머리 싸매고 덤벼도 어림없지."

고흥댁 말대로 김포슈퍼의 경호네 앞날은 가히 풍년의 조짐이 보이기도 하였다. 싹싹한 경호 엄마는 백 원짜리 꼬마 손님한테도 일일이 뻥튀기 한 장씩을 선물로 주었다. 입에다가는 언제나 "어서 오세요, 안녕히 가세요, 감사합니다."를 매달아 놓았고, 까다로운 사람이 와도 활짝 웃는 낯에 고분고분 응대하여 곧잘 비위를 맞추어 냈다. 경호 아버지는 겨울철이라 밀려드는 연탄 주문으로 신새벽부터 해거름까지 눈코 뜰 사이 없었다.

연탄 배달 틈틈이 쌀 배달도 지체없이 해치우고 야채를 받아 오기 위해 신나게 자전거 페달을 밟고 큰 시장으로 내달리는 모습은 일견 대견하게까지 보였다. 생필품 외에도 채소며 과일을 종류대로 팔고 있는 터라 가게는 그럭저럭 매상이 오르는 눈치였다. 시장이 먼 탓에 어지간한 찬거리는 가게에서 구입하는 원미동 여자들 사이에 김포슈퍼 부식값이 시장 상인들보다 오히려 싼 편이며, 채소나 과일들도 모두 싱싱하고 질

★원래 23통 일대의 쌀과 연탄을 도맡아 배달해 주던 곳은 김포쌀상회의 경호네였음을 기억하자.

이 좋더라는 소문이 핑 돌기 시작한 것은 개업 후 며칠 만의 일이었다.

바로 그 무렵, 원미동 여자들은 형제슈퍼의 김 반장이 가게 앞 공터에 수백 장씩 연탄을 부리는 현장을 목격하였다. 또, 형제슈퍼의 간이 창고 구실을 하던 입구의 천막 속엔 쌀과 잡곡들이 제각기 망태기에 담겨져 있고, 그 옆에 돌 고르는 석발기까지 덜덜거리며 돌아가는 모습도 목격하였다. 물론, 형제슈퍼는 쌀과 연탄을 취급하던 가게가 아니었다. 과일이나 야채, 생선을 비롯하여 생활필수품들을 파는 구멍가게에 불과한 규모이긴 해도 이름만은 곧잘 '슈퍼'로 불리던 그런 가게였다. 형제슈퍼가 느닷없이 쌀과 연탄을 벌여 놓고 빨간 페인트로 '쌀·연탄'이라고 쓴 어엿한 입간판까지 내다 놓은 것은 누가 뭐래도 김포슈퍼의 개업과 발을 맞춘 것임이 분명하였다.

"우리도 연탄 배달합니다. 거기다 또, 대리점 대우라서 한 장에 이 원씩 싸게 드립니다요. 쌀이라면 우리 고향 쌀, 아시지라우? 계화미, 호남평야의 일등품만 취급하니까 한번 잡숴만 보세요. 틀림없다구요."

김 반장이 만나는 동네 사람들마다에게 쏟아 놓는 대사였다. 아니, 부러 가게 앞에 나와 서서 짐짓 쾌활한 얼굴과 목소리로 자신만만하게 단골들을 설득하였는데, 사람들은 그제야 형제슈퍼와 김포슈퍼의 간격이 일백 미터도 채 못 된다는 사실을 깨달았다. 그리고 김포에서 쌀과 연탄만을 취급했을 때는 모두 형제슈퍼에서 물건을 샀다는 사실도 깨달았다. 모두들 경호네의 눈부신 발전에만 정신이 팔려서 깜박 김 반장을 잊고 있었던 것이다.

> **여우다** '결혼을 시키다'라는 의미의 전라도 사투리
> **싹싹하다** 마음이나 태도가 친절하고 상냥하다.
> **신새벽** 날이 새기 시작하는 새벽
> **부리다** 사람의 등에 지거나 자동차나 배 따위에 실었던 것을 내려놓다.
> **석발기(石拔機)** 쌀에 섞인 돌을 골라내는 기계
> **짐짓** 속마음과 달리 일부러

김 반장은 이제 스물여덟의 역시 싹싹한 총각이었으며, 23통 5반을 손바닥 안에 꿰뚫고 있는 반장 직책을 가지고 있었다. 때문에 동네의 잡다한 사건에 그가 끼이지 않는 법이 없었고, 원미동 거리에서 가장 자주 듣게 되는 높다란 전라도 사투리도 틀림없이 그의 음성일 게 확실한 이 동네의 대변자이기도 하였다. 그의 형제슈퍼에는 네 명의 어린 동생과 다리 골절로 직장을 잃은 아버지와 잔소리가 많은 어머니, 또 팔순의 할머니가 매달려 있었다. 식구가 복잡한 만큼 가게도 복잡하여, 누구 말대로 없는 것 빼고는 다 있는 만물상임은 틀림없지만, 기득권을 가진 가게답게 적잖이 무질서하고 부식의 신선미도 떨어지는 편이어서 사람들은 알게 모르게, 깔끔하게 정돈되어 있는 김포슈퍼 쪽으로 발길을 돌렸던 것이다. 뭐든 새것이 역시 새 맛으로 좋은 법이었다. 그렇다고는 해도 김 반장이 그처럼 재빠르게 쌀과 연탄을 팔겠다고 나설 줄은 몰랐다. 아는 사람은 다 아는 일이지만, 지난가을 김 반장은 작은 짐차를 하나 샀다가 한 달도 못 되어 사고를 저질러 그 뒷수습에 바짝 쪼들리고 있는 중이었다. 물건도 실어 나르고 채소나 과일을 산지에서 밭떼기를 할 작정으로, 모아 놓은 장사 밑천을 다 털어서 차를 샀던 것인데, 그만 사람을 다치게 한 것이었다. 합의를 보고, 피해자 보상도 해 주고, 이것저것 뒷갈망을 하는 데 차를 판 것은 물론이요 빚도 수월찮게 얻었다는 내막을 동네 사람들은 알고 있었다. 그런 처지에 빚을 얻어 싸전을 벌이고 연탄까지 팔겠다고 나서다니, 지물포 주씨 말대로 제 죽을 구멍 파는 미련한 짓이라고 욕을 먹을 만도 하였다. 경호 아버지가 쌀과 연탄을 도맡아 대고 있는 줄을 번연히 알면서 말이다.

"김포슈퍼요? 아, 난 상관없어요. 우리도 연탄 배달, 쌀 배달 다 하는데요. 무작정이 아니라구요. 관에 다 허가받고 시작한 장사인데 나라고 왜 못 해요?"

말은 요만큼 하여도 그 동안 김 반장이 얼마나 끙끙 앓았는지 짐작할 만하였다. 비어 있는 점포에 구멍가게가 들어설까 봐 가게 계약 건수만 있으면 강남 부동산을 번질나게 드나들곤 하던 김 반장이었다. 김

멀고 아름다운 동네,
원미동
원미동은 그 이름과는 달리 아름답지만은 않은 동네였다. 1980년대 개발 정책으로 농토는 줄고 전국의 많은 사람들이 서울로, 서울로 몰려들었다. 그러나 변변한 일자리도 찾기 어렵고 가난에서 벗어날 수 없었던 이들이 서울에서 밀려나 변두리 허름한 주택가로 퍼져 가 살았는데, 원미동도 그런 동네 중 하나였다.

포쌀상회가 김포슈퍼로 도약하여 자신의 목을 조를 줄은 생각지도 못했을 것이다. 어디든 동네의 조그마한 구멍가게가 대상으로 하는 지역은 암암리에 지정되어 있는 터, 같은 업종의 가게가 새로 문을 열 때는 일정 거리 이상을 유지하는 게 상호 간의 예의라는 형제슈퍼의 김 반장 이론은 분명히 옳았다. 우리 가게 하나도 소화시키지 못하는 조그마한 구역에 똑같은 구멍가게가 마주 보고 앉아서 어쩌자는 것이냐고, 다 같이 죽자는 모양인데 나는 못 죽어 주겠다, 옛정을 봐서 우리 연탄이나 쌀도 팔아 줘야 할 게 아니냐, 가격도 싸고 품질도 월등히 좋은데……

김 반장은 원미동 거리에 서서 입이 닳도록 외웠다. 김 반장의 어머니도, 김 반장의 허리 꼬부라진 할머니도 동네 여자들을 향해

"우리 연탄도 좀 때요. 이번 참엔 우리 것 좀 들여놓아, 꼭!"

하며 우겨 대었다. 팔순을 넘긴 김 반장 할머니는 꼬부라진 허리를 아랑곳 않고 추위를 피해 종종걸

팔순(八旬) 여든 살
만물상(萬物商) 일상생활에서 쓰는 온갖 물건을 파는 가게
적잖이 적지 않은 수나 양으로
밭떼기 밭에서 나는 작물을 밭에 나 있는 채로 몽땅 사는 일
합의(合意) 둘 이상 되는 당사자의 의사가 일치하는 것
뒷갈망 일의 뒤끝을 맡아서 처리함
번연히 어떤 일의 결과나 상태 따위가 훤하게 들여다보이듯이 분명하게

음 치는 아낙네들 뒤를 따라가면서까지 외워 댔다.

　"우리 것도 팔아 주랑게……." ☆ 한 동네 살며 어느 쪽 편을 들 수도 없어 아주 난처해진 사람들. 이 소설의 첫머리에서 말한 '난처한 일'이란 바로 이것이다.

　참말로 딱하게 된 것은 원미동 여자들이었다. 이제까지 대어 놓고 쓰던 경호네를 나 몰라라 하고 김 반장한테 돌아설 수가 없는 것이 김포슈퍼 개업 날에 무심코 던진 말들을 기억하고 있는 탓이었다.

　"모쪼록 잊지 말고 들러 주십시오. 성의껏 모시겠습니다."

　허리 굽혀 인사하면서 은박지 쟁반에 담긴 팥떡을 나누어 주던 경호네한테 누구라 할 것 없이 덕담처럼 던진 말이 있었다.

　"다른 건 몰라도 쌀 안 먹고 연탄 안 때고 살 수는 없으니까 경호네를 잊고 살 수는 없지."

　딱히 그것뿐이라면 또 모른다. 듣기 좋은 말만 뜯어먹고 살 수 있는 세상은 아니므로, 그깟 덕담쯤이야 인사치레로 돌릴 수도 있었다. 하지만, 김포슈퍼에 들를 때마다 은근히 얹어 주던 덤이며, 찾아 줘서 고맙다고 손에 쥐여 주던 빨랫비누 한 장씩을 누구라도 한 번씩은 받게 마련이었으므로, 입을 싹 씻고 돌아서기가 여간 난처한 게 아니었다.

　일이 이쯤에 이르자, 김 반장이 쌀과 연탄을 벌인 게 잘못이라는 사람들도 있고, 애초에 김포슈퍼로 가게를 확장한 경호네가 잘못이라는 사람들도 생겨났다. 그렇지만 어느 쪽도 딱 부러지게 죽을죄를 진 것은 아니었다. 모두 다 살기 위하여, 어쨌거나 한번 살아 보기 위하여 저러는 것이었으므로, 애꿎은 동네 사람들만 가게 가기가 심란스러워진 셈이었다.

　"김 반장 말도 맞아. 어쩔까, 이번에는 형제슈퍼에서 연탄 백 장 들

188

여놓아야 할까 봐."

우리정육점 안주인이 처음으로 김 반장에게서 연탄을 샀다. 형제슈퍼 코앞에 우리정육점이 있었다. 서로서로 가게를 열고 있는 처지라서 딱해 죽겠다던 이였다.

"할 수 없잖아? 김포 몰래 우리도 이십 킬로그램짜리 쌀 팔았어. 괜히 경호 아버지 눈치가 보이고, 참말 내 돈 내고 쌀 팔면서 무슨 죄를 짓는 것처럼 이게 뭐야?"

☆ 식량을 사는 경우에는 '쌀 팔았다'와 같이 '사다' 대신 '팔다'라는 말을 쓰곤 한다.

써니전자의 시내 엄마도 이마를 찌푸렸다.

"이번에는 김포, 다음에는 형제, 그렇게 하면 되잖아요?"

64번지 새댁이 공평한 결론을 내리는가 했더니, 고흥댁이

"그럼 계란이니 두부니 라면도 일일이 나눠 갖고 사러 다닐 꺼여? 아이구, 난 이젠 늙어서 기억력도 모자라는디 헷갈려서 그 짓 못 혀."

하며 고개를 설레설레 흔들었다. 딴은 그러했다. 김포에서 대어 먹던 쌀이나 연탄을 가끔씩이나마 김 반장에게로 거래를 옮긴다면, 형제슈퍼에서 사 오던 부식이나 잡다한 일용품들도 이쪽저쪽 공평하게 사러 다녀야 할 판이었다. 어느 쪽으로 가나 한쪽의 눈총이 뒤통수에 달라붙어 있기는 마찬가지겠지만, 섣불리 굴었다간 괜히 이웃 간에 정만 날 것이고, 하여간 난처한 일이다.

☆ 김포슈퍼와 형제슈퍼가 본격적으로 가격 경쟁을 시작하고 있다.

일은 그게 다가 아니었다. 김포슈퍼에서는 또 가만 앉아 당할 수가 없으니 그들 내외는 머리를 짜내어 모든 물건의 가격을 일이십 원꼴로 낮추어 팔기 시작하였다. 형제슈퍼에서 백팔십 원 하는 과자는 백칠십 원으로, 삼백

초등필수
단어장

덕담(德談) 남이 잘되기를 바라면서 해 주는 좋은 말
애꿎은 어떤 일과 아무런 관계가 없는

원짜리는 이백팔십 원으로 내려 받으면서 저울 눈금으로 파는 채소까지 후하게 달아 주었다. 뿐이랴? 계란 두 줄을 사면 하나를 덤으로 주고, 형제에서 천 원에 스무 개씩 굴을 팔면 김포는 스물세 개를 담아 주었다.

오백 원에 세 개들이 비누를 형제슈퍼에서 산 누구는, 김포에서 사백오십 원에 판다는 귓속말을 듣자마자 가서 비누를 물리기도 하였다. 뒤통수에 달라붙은 눈총이야 모른 척하면 그만이지만, 당장 잔돈푼이 지갑 속으로 떨어져 들어오는 데야 김포슈퍼로 치달리는 걸음에 의혹이 있을 수가 없었다.

김 반장은 그럼 두 손을 늘어뜨리고 구경만 할 것인가? 제꺼덕 김포슈퍼보다 십 원씩 더 가격을 내리고 저울 눈금도 마냥 후하게 달았다. 스무 개짜리 굴은 아예 스물다섯 개씩 팔아넘기니 한 박스 팔아도 본전 건지면 천만다행인 장사가 시작된 셈이었다. 새해 들면서 김포와 형제의 공방전이 여기에 이르자, 오히려 살판난 것은 동네 여자들이었다. 구입할 게 많다 싶으면 세 정거장쯤 떨어져 있는 시장으로 가던 여자들이 시장 발걸음을 끊은 것도 새해 들어서의 버릇이었다. 굳이 시장에 갈 일이 없었다. 어지간한 것은 모두 형제나 김포에 있었고, 바겐세일이라도 이만저만 파격 세일이 아닌 까닭이었다.

"워메, 그게 콩나물 이백 원어치여? 시상에 난 김포가 더 싼 줄 알았더니 김 반장네가 훨씬 많구만그려."

어느 날, 고흥댁이 소라 엄마의 손에 들린 콩나물의 부피에 입을 쩍 벌린 것도 무리는 아니었다. 시장에 가더라도 오백 원어치꼴은 실히 될 만한 양이었기 때문이었다.

"아녜요. 연탄은 김포가 더 싸요. 난 어제 백 장 들였는데 오백 원이나 깎아 주고 플라스틱 바구니까지 얹어 주던걸요."

소라 엄마가 소곤소곤 정보를 일러 주고 가자, 이번에는 원미지물포 안주인이 아이들한테 초콜릿을 물리고 오면서 또 소곤거린다.

"어쩌려고 저러는지? 이백 원짜리 초콜릿을 김 반장은 백오십 원에 팔드라니깐요. 떼 온 값도 안 되게 막 팔어넘긴대요. 이판사판이래요."

그러면 고흥댁은 정말 헷갈리기 시작하는 것이다. 아까까지만 해도 김포에서 적어도 삼십 원은 싸게 샀다고 자부한 판인데 잠깐 사이에 형제에서는 오십 원이나 싸게 팔고 있다니, 어느 쪽으로 가야 이익일지 계산하기가 썩 어렵잖은가 말이다. 그러잖아도 지난번에 형제슈퍼에서 산 비누를 물리고 그 즉시로 김포슈퍼에서 싼값으로 비누를 샀다고 해서 동네 여자들 구설수에 올라 있는 고흥댁이었다. 한 마디로 너무 노골적이라는 비난이었는데, 그깟 몇 십 원 때문에 당장 산 물건을 되물리는 법이 어디 있느냐는 거였다. 이쪽저쪽을 다니더라도 좀 눈치껏 하지 않고 너무 표나게 굴었던 까닭이었다. 싸게 주는 쪽으로 가는 것이야 말리지 않지만, 어느 쪽이 더 싼지 요령껏 눈치를 살핀 후에 행동에 옮기라는 말일 것이다. 말귀는 알아들었다 해도 번번이 한 수 뒤처지는 것이 고흥댁은 여간 억울하지 않았다. 아까 콩나물만 해도 그랬다. 김포 콩나물이 엄청 양이 많더라고 오전에 이미 소문을 들었던 터라, 경호네한테 가서 이백 원어치를 한 봉투 받아 왔었다. 흡족할 만큼 많이 뽑아 준 터라 내심 기분이 좋았는데, 잠시 후에 보니 소라 엄마는 김 반

공방전(攻防戰) 서로 공격하고 방어하는 싸움
실히 허실 없이 옹골차게
구설수(口舌數) 여러 사람에게 이러쿵저러쿵 이야깃거리가 되는 처지

장네에서 훨씬 많은 콩나물 봉투를 들고 오는 게 아닌가? 그래서 괜히 자기만 손해 보았다고 지물포 여자한테 하소연을 좀 했더니 단박에 핀잔만 돌아오고 말았다.

"아이구, 아줌마도……. 손해는 무슨 손해요? 김포에서 받은 것도 이백 원어치 곱절은 됐을 텐데, 안 그래요?"

말을 듣고 보니 맞는 소리였다. 눈치를 잘 보아서 김 반장한테로 갔으면 더 이익은 봤을망정 손해는 아니었으니까……. ☆ 한편으로는 난처해하면서도 내심 가격을 내린 것을 기뻐하는 동네 사람들의 미묘한 심리

"그나저나 고래 싸움에 새우 등 터진다는 옛말은 다 틀린 말여. 고래들이 싸우는 통에 우리 같은 새우들이 먹잘 게 좀 많은가 말여."

그러나 고흥댁의 그럴싸한 옛말 풀이는 일월이 거지반 지날 무렵부터 서서히 모양새가 바뀌어 가기 시작했다. 유난히도 날씨가 맵지 않아 집집마다 김장 김치들이 부글부글 괴어오르던 정월이었다. 서울미용실 옆으로 비어 있는 점포가 서너 개 있었다. 원래가 이 동네는 허울 좋은 상가 주택만 즐비한 터여서 가게는 비워 놓고 방만 세들어 있는 수도 많았다. 집을 지었다 하면 약속이나 한 듯이 아래로는 가게를 두 칸 내고 이층에 살림집을 올리는 식이었다. 게다가 기왕의 주택이나 연립주택들마저 아래층은 개조를 해서까지 점포를 만들었다. 요즘에 와서야 수요가 없는 점포는 단칸방 월세보다 시세가 없다는 사실을 깨닫긴 한 모양이지만, 어쨌든 지난 사오 년 사이의 원미동 23통 거리는 상가 주택이 대 유행이었다. 시청을 끼고 있어서 몇 년 지나지 않아 한몫 하려니 했던 기대는 완전 물거품이 된 셈이었다. 시청 정문 앞이라면 혹시 몰라도 이만큼 한 행보 멀어져 있고서는 어느 세월에 상가가 조성될지

아득하기만 했다.

다른 데는 어쨌거나 영세한 꼴이나마 점포들이 문을 열었어도 서울미용실 옆의 상가 주택들이 비어 있는 까닭은 앞이나 옆 모두 공터인 탓이었다. 소방 도로를 끼고 꺾어 돈 자리에 앉아 있는 서울미용실까지는 그럭저럭 큰길에서 내다보이는 이점이 있지만, 그 다음부턴 도무지 무엇을 벌여도 밑천 잘라먹기가 예사인 점포들이었다. 그래서 이것저것 퍽도 많은 종류의 가게들이 철새 날아오듯 문을 열었다 닫았다 하였는데, 그 중의 한 가게에서 별안간 '싱싱청과물'이란 간판을 내건 것이었다.

☆ 싱싱청과물이 들어서며 새로운 사건이 시작되고 있다.
앞으로 어떻게 전개될지 예상해 보자.

새로 생긴 싱싱청과물의 위치를 설명하자면 이렇다. 형제슈퍼와 맞은 편에 서울미용실이 있고, 소방 도로를 끼고 구부러지면서 '종합 화장품 할인 코너'란 이름의 화장품 가게가 들어 있는데, 서울미용실의 경자가 새해 벽두에 친구와 동업 형식으로 문을 열어서 동네 여자들을 상대로 화장품을 할인하여 팔고 있었다. 이 자리가 바로 인삼찻집이 있던 그 가게였다. 행복사진관 엄씨와 꽤 진한 연애를 했던 탓에 어쩔 수 없이 이동네를 떠나야 했던 찻집 여자의 뒷소식은 아무도 몰랐지만, 사람들은 화장품 코너에 들어설 때마다 영락없이 사진관 엄씨의 바람난 이야기를 입에 올리곤 하였다. 화장품 할인 코너 옆은 가게를 비워 둔 채 살림만 사는 명옥이네 집이고, 명옥이네 집과 붙은 또 하나의 점포 역시 그간은 진만이네가 싸구려 화장지들을 도매로 떼어다 쌓아 놓는 창고 구실만 하고 있었다.

초등필수 단어장

거지반(居之半) 거의 절반 가까이
괴어오르다 술, 간장, 초 따위가 발효하여 거품이 부걱부걱 솟아오르다.
정월(正月) 음력으로 한 해 열두 달 가운데 첫째 달
수요(需要) 필요한 것을 사려는 요구
영세하다 작고 보잘것없다.
벽두(劈頭) 어떤 일이나 때의 맨 처음

진만이 아버지는 끝내 리어카 행상이 되어 화장지들을 팔러 다니더니, 지난 연말에 시골로 내려가고 말았다. 진만이네가 살던 점포는 이내 가내 수공업 형태의 바지 공장이 들어섰다. 아마 집주인이 직접 일꾼 서넛을 데리고 일을 하는 모양이었다. 선팅된 유리문 안으로 미싱 돌리는 청년들의 머리가 보이고, 방에 가득 원단이 있는 것도 눈에 띄었다.

　　바지 공장 다음이 싱싱청과물이었다. 싱싱청과물 옆으로 다시 두 칸의 빈 점포가 있고 이어 서너 필지의 공터와 공터 맞은편에 김포슈퍼가 자리 잡고 있었다. 싱싱청과물 자리 역시 원래는 살림만 하던 빈 점포였는데, 언제 이사를 가고 새로 들어왔는지 눈치채지 못할 만큼 갑작스런 개업이었다. 아마 강남부동산을 거치지 않고 위쪽의 다른 복덕방이 성사시킨 물건이기가 십상이었다. 강남부동산을 거쳤다면 김 반장이 모르고 있었을 리가 없었다.

　　싱싱청과물의 주인 사내는 이제 막 이사 와서 동네 형편은 전혀 모르는 듯했다. 무작정 과일전만 벌였으면 혹시 괜찮았을 것을 눈치도 없이 '부식 일절 가게 안에 있음'이란 종이쪽지를 붙여 놓고 파, 콩나물, 두부, 상추, 양파 따위의 부식 '일절'이 아닌 '일체'를 팔기 시작하였다. 참 답답한 노릇이었다. 김포슈퍼와 형제슈퍼의 딱 가운데 지점에서, 그것도 결사적인 고객 확보로 바늘 끝처럼 날카로운 두 가게 앞에 버젓이 '부식 일절' 운운한 쪽지를 매달아 놓았으니 무사할 리가 없었다. 김포의 경호네나 형제의 김 반장이나 밑천 잘라먹기 식의 장사를 한 탓에 서로들 적잖이 지쳐 있는 때였다. 웃음 많고 상냥하던 경호 엄마의 얼굴에도 시름이 덕지덕지 끼었고, 세탁소집 여자 말을 들으면 밤중에 곧

194

잘 부부 싸움도 벌어지고 있는 모양이었다. 김 반장은 꺼칠한 얼굴에 술만 늘어서 소주 네 홉이 하루 기본이라고 외치는 판이었다. 김 반장의 경우는 좀 지나치다 할 만큼 술주정까지 덧붙여진 탓에 동네 사람들의 이맛살을 찌푸리게 하는 수도 많았다. 한번 술에 취하면 장사고 뭐고 때려치우겠다고 날뛰지를 않나, 기분이 상한다고 턱도 없는 값에 물건을 팔아넘기질 않나, 팔리지도 않는 쌀과 연탄은 무슨 고집으로 외상을 내서라도 쌓아 놓지를 않나, 참만 속이 터져 죽을 노릇이라고 김 반장의 어머니와 할머니는 매일 징징대었다. 특히 그 허리 굽은 할머니는

"이 날 입때껏 장가도 못 들고 지 부모 대신 동생들 가르치느라고 마음고생만 시킨 내 큰 손주 다 버리겠어!"

라면서 눈물까지 글썽거렸다.

"사람 폴짝 뛰다 죽겠네. 얼라! 과일만 팔아도 속이 뒤집힐 판에 부식 일절? 참 골고루들 애먹이는구먼."

김 반장의 눈빛이 곱지 못하듯, 김포슈퍼 내외도 안색이 좋지 못하였다.

"정말 죽어라 죽어라 하네요. 김 반장 등쌀에도 피가 마르는데 인제는 싱싱청과물까지 끼어들어 훼방을 놓으니……."

웃음 많던 경호 엄마가 한숨을 푹 쉬었다. 그런 걸 아는지 모르는지 싱싱청과물의 유리창에는 또 하나의 쪽지가 나붙었다.

'완도 김 대량 입하.'

며칠 후 경호네와 형제슈퍼 김 반장이 휴전 협정

초등필수
단어장

행상(行商) 물건을 짊어지고 여기저기 돌아다니면서 파는 일
가내 수공업(家內手工業) 집 안에서 작은 규모로 이루어지는 수공업
미싱 '재봉틀'의 일본식 용어
원단(原緞) 옷 같은 것을 만드는 데 쓰는 아직 손질하지 않은 천
필지(筆地) 구획된 논이나 밭, 임야, 대지 따위를 세는 단위
입하(入荷) 짐이나 상품 따위를 들여옴

을 맺었다는 소문이 동네 안에 좌악 퍼졌다. 아닌 게 아니라, 두 집의 물건값이 같아졌고 저울 눈금도 확실히 하고 있어서, 이제는 어느 집으로 가든 같은 가격으로 물건을 살 수밖에 없었다. 말로 표현하지는 않았지만 동네 여자들은 내심 김이 빠졌다. 그래도 고흥댁은 나이가 많으니 솔직해도 흉이 되지 않는다.

"진작 이렇게 되었어야 했지만, 그래도 어째 좀 아쉬운디……."

그러나 얼마 지나지 않아 여자들은 새로운 사실을 알게 되었다. 경호 네와 김 반장이 단순한 휴전 조약만을 맺은 게 아니라, 당분간 동맹 관계를 유지하기로 약조를 했다는 것이다. 물론, 이 동맹자들이 쳐부숴야 할 적군은 싱싱청과물이었다. 믿을 만한 소식통에 의하면, 먼저 동맹을 제안한 쪽은 김 반장이라고 했다. 김 반장이 늦은 밤, 경호 아버지와 함께 공단 쪽 돼지갈비집에서 술을 마시는 걸 보았다는 사람도 있었다. 제안은 김 반장이 했지만 이것저것 묘책은 경호 아버지한테서 나온 것이란 말도 있었고, 서로 형님, 아우 해 가면서 신세 한탄도 할 만큼 사이가 좋아졌다는 소문도 있었다.

남은 일은 싱싱청과물이 어떻게 당하는지 구경하는 것뿐이었다. 고흥 댁 말대로 고래가 세 마리로 불어났으니 먹을 게 더 많아지리라는 기대도 조금 있었다. 아닌 게 아니라, 주된 전략은 바로 가격 인하였다. 싱싱 청과물에서 취급하는 품목에 한해서만 두 가게가 모두 대폭적으로 가격을 내리기로 하였다는 것이었다. 그 외의 상품들은 동맹 이후 두 가게가 같이 정상 가격으로 환원하였다. 완도 김을 대량 입하했던 싱싱청과물에 맞서 김 반장은 위도 김을 들여와 집집마다 산지 가격으로 나누어 주었다. 부지런한 경호 아버지가 서울의 청과물 도매 시장에서 들여온 사과와 귤이 김 반장네 가게에도 진열되어 싼값으로 팔려 나가기 시작했다.

원미동 여자들이야 굳이 싱싱청과물을 들러야 할 이유가 없었다. 과일이나 부식은 경호네나 김 반장 쪽이 훨씬 값이 헐했으므로, 또한 한 동네 이웃으로 낯이 익은 그들의 가게에서 싱싱청과물 쪽을 지켜보고 있을 게 뻔한데 원성을 사 가면서까지 찾아갈 까닭이 무언가?

이렇게 되자, 싱싱청과물의 주인 남자는 슬그머니 '부식 일절' 운운한 쪽지를 거두어들였다. '완도 김 대량 입하'라는 쪽지도 떼었다. 과일만 취급할 것임을 공표하기나 하는 듯, 대신 '과일 도산매'란 종이쪽지가 나붙었다. "콩나물이나 파 따위 팔아 봤자 큰돈 남는 것도 아니고, 그래 너희들 소원대로 딴눈 안 팔고 과일이나 팔아 보겠다." 이러면서 땅바닥에 침을 탁 뱉는 것을 보았노라고 서울미용실 경자가, 드나드는 여자들한테 말을 전하곤 하였다. 그만큼 해 두었으니 동맹을 맺은 보람이 있은 셈이었다. 이제는 김 반장이나 경호 아버지의 동맹 관계가 지속될 이유가 없어진 게 아니냐고, 앞으로는 어떻게 일이 되어 갈 것인지 동네 사람들은 성급히 앞일을 궁금해하였다. 그러나 싱싱청과물을 향한 일제 공격이 끝난 게 아닌 모양이었다. 경호 엄마 말에 의하면, 그들 내외도 사실상 동맹 관계가 끝난 것으로 해석하고 있었다. 그런데 김 반장이 펄쩍 뛰며 야단이더라고 전했다.

"우리는 과일 안 팔아? 그 놈이 문 닫는 꼴을 보기 전에는 절대로 그만두지 않을 거요."

김 반장이 기어이 싱싱청과물 망하는 꼴을 보아야겠

초등필수
단어자

헐하다 값이 싸다.
도산매(都散賣) 물건을 도
매상이나 생산자에게서 사들
여 소비자에게 직접 파는 일

다고 이를 악물더라는 말을 들은 동네 여자들의 반응은 가지가지였다.

"지독하네. 경호네는 김 반장이 그런다고 따라 해? 어린 사람이 악심을 품으면 경호 아버지가 달래야 사람의 도리지."

"그런 소리 말아요. 어떻게 김 반장 말을 거역해요? 동맹을 맺었을 때는 끝까지 의리를 지켜야죠."

"의리 좋아하네. 모르긴 몰라도 경호네 역시 싱싱청과물 망하는 꼴 보려고 같이 작당했을걸."

"만약에 진짜 그렇다면 경호네가 잘못 생각한 거야. 사실로 말해서 김 반장이 진짜로 망하는 꼴 보고 싶은 마음으로 치자면야 경호네 김포 슈퍼지 어디 그깟 싱싱청과물 가지고 성이 차겠수?"

"김 반장 그 사람, 너무 악착스러워. 젊은 사람이 어찌 그리 인정머리가 없을꼬?"

"그래 말야. 지 엄마한테는 왜 그리 툴툴거리는지. 남들한테는 곧잘 싹싹하면서 지 부모한테는 얼굴 펴는 걸 못 보겠드라구."

"그게 다 무능한 부모들이 받아야 할 대접인 게지. 우리도 이 꼴로 나가다간 자식들한테 그런 대접을 받기 십상이지."

과일 도산매만 하겠다면 설마 어쩌랴 싶었던지, 싱싱청과물에서는 구정 대목이 다가오자 울긋불긋한 꽃종이로 포장한 사과, 귤, 배, 진영 단감, 딸기 등을 가게 안팎으로 가득 벌여 놓기 시작하였다. 신정 연휴가 사흘이나 된다 하여도 음력설만큼 돈이 풀리려면 어림도 없다. 우리 정육점도 연일 비린내를 풍기며 고깃근을 쟁여 놓고 대목 장사를 준비하던 무렵이었다. 김포슈퍼와 형제슈퍼에도 울긋불긋 과일전이 흐드러

졌다. 김 반장이 차를 빌려 서울까지 원정 나가서 도매로 들여온 물건
이었다. 가격은 싱싱청과물을 기준으로 하여 정해졌다. 싱싱 쪽에서 사
과 상품 한 상자를 만오천 원에 판다면 그들은 만사천 원에 금을 매겼
다. 깎으려고 드는 손님들도 그냥 돌려보내지 않고 한껏 금을 내려 주
었다. 구정 선물용으로 대개 상자째 팔려 나가는 때였다. 그것뿐이 아
니었다. 싱싱에서 물건을 흥정하는 손님이 있으면 김 반장은 어디서 구
해 왔는지 삑삑거리는 핸드마이크를 쳐들고 훼방을 놓았다.

"과일 바겐세일입니다. 조생 귤이 있습니다. 산지에서 금방 올라온 맛
좋은 부사 사과를 파격적인 가격으로 판매합니다. 자, 과일 바겐세일!"

어떤 때에는 김포슈퍼를 선전해 주기도 하였다.

"과일 세일합니다. 사과, 배, 귤 모두 세일합니다. 저 쪽 김포슈퍼로
가시든가 여기로 오시든가 마음대로 하세요. 몽땅 세일합니다요."

싱싱청과물 사내가 김 반장한테 쫓아간 것은 당연한 일이었다. 하지
만, 싸움은 초반부터 싱싱청과물 사내가 불리한 쪽에 있었다. 생각 없
이 대뜸 내뱉은 첫말이 당장 김 반장의 공격망에 걸려 버린 것이다. 나
이가 어리다 하여 만만히 여기고 다자고짜 말을 놓은 게 실수였다. 싱
싱청과물 사내가 말꼬리를 붙잡혀서 정작 장사를 훼방한 것에 대해서
는 따질 기회도 얻지 못한 채 전전긍긍하고 있을 때, 경
호 아버지가 싸움에 끼어들었다. 이 때다 싶었던지, 몰리
고 있던 싱싱청과물 사내가 버럭 소리를 질렀다.

"당신들 말야, 왜 어깃장을 놓아? 가격이야 뻔한데 본
전치기로 넘기면서 남의 장사 망쳐 놓는 속셈이 대관절

호두피수
단어장

악심(惡心) 나쁜 마음
구정(舊正) 음력설
신정(新正) 양력 1월 1일. 양
력설.
부사 사과 품종의 하나
어깃장 순순히 따르지 아니
하고 못마땅한 말이나 행동
으로 짐짓 뻗대는 행동

무엇이야? 엉! 왜 못살게들 굴어?"

경호 아버지도 어름하게 물러서지는 않았다.

"싸게 사서 싸게 파는 것도 죄요? 원 별소릴 다 듣겠네."

얼굴이 벌게진 싱싱 사내는 공연스레 목청만 돋운다.

"이 사람들, 이제 보니 심보가 새까맣군그래. 싸게 사서 싸게 파는 것도 죄냐구? 말해! 나하고 무슨 원수가 졌냐? 날 죽여 보겠다는 심보는 대체 뭐야?"

그러면 김 반장이 또 씩씩거리며 대들었다.

"이게 좁쌀밥만 먹고 살았나? 말마다 영 기분 나쁘게시리 반말로만 내뱉는군. 단단히 정신을 차릴 필요가 있는 작자라니까."

마침내 싱싱청과물 사내가 죽기 살기로 김 반장의 멱살을 잡고 바둥거리기 시작했다. 몸피가 유난히 왜소하여 애초 김 반장의 상대가 되지도 못하면서 기를 쓰고 덤벼드는 그를 김 반장은 여유 있게 메다꽂았다. 이 못된 놈이 사람 친다고 악을 쓰면서 덤벼드는 그를 향해 김 반장은 알게 모르게 주먹 솜씨를 발휘하였다.

"어디서 굴러먹던 뼈다귀인지 생전 보지도 못한 놈이 남의 장사를 망치려고 덤벼든 것을 생각하면 내 속이 터진다구."

김 반장의 목소리는 칼날처럼 서늘했다.

코피가 터져 선혈이 낭자하게 묻어 있는 싱싱청과물 사내의 퉁퉁 부은 얼굴에 사정없이 날아드는 김 반장의 주먹에는 경호 아버지마저 하얗게 질려 버렸다. 게다가 그 살기등등한 악담이라니.

"어느 놈이든 내 장사 망치는 놈은 가만두지 않을 거야. 내가 어떻게 살아온 놈인데 그냥 주저앉아? 어림도 없지."

경호 아버지는 마침내 슬그머니 꽁무니를 뺐고, 동네 사람들이 뜯어 말리지 않았더라면 싱싱청과물 사내는 무슨 일을 당해도 크게 당했을 것이었다. 죽기 살기로 김 반장 주먹 밑으로 기어들며 무모하게 덤벼든 그 사내에게도 문제는 있었다.

"와 이라노? 이게 무슨 짓들이가? 한 동네 삼시로 서로 웬 주먹질이란 말이가? 보소, 아저씨가 참으소. 맞는 사람만 손해라 카이. 아이구마, 김 반장아. 니가 깡패로 나섰노? 이러는 기 아니다. 아무리 억울헌 일이 있다 캐도 이러는 기 아니다. 이 손 치아라! 내 말 안 들을라면 인자부터 니랑 내랑 아는 체도 말자고마. 이 손 치아라!"

원미지물포 주씨가 적극적으로 두 사람을 뜯어말렸다. 지물포 주인 주씨가 뜯어말리는 그 사이에도 김 반장은 연신 싱싱청과물 사내의 옆구리를 향해 헛발길질을 해대고 있었다.

싸움 구경에 나섰던 사람들은 그 날의 사건을 두고두고 입에 올렸다. 다음 다음 날, 싱싱청과물 사내가 입술을 깨물며 리어카 행상으로 과일 처분에 나선 것을 보고는 모두들 김 반장의 잔인함에 몸을 떨었다. 구정 대목을 보려고 무리하면서까지 들여놓은 과일들을 소화하기 위해서는 그 수밖에 없기는 하였다.

"지독해. 김 반장네 가게에선 앞으로 두부 한 모도 사지 않을 거야."

시내 엄마는 질렸다는 듯이 고개를 설레설레 흔들었다. 이제 네 살짜리 시내 하나를 두고 있는 그녀는 얼핏 보기엔 64번지 새색시보다 훨씬 앳되어 보였다. 써니전자를 꾸려 나가는 그들 부부는 사는 모습도 지극히 낭만적이어서 깊은 밤 문 닫힌 그들 가게에서 흘러나오는 애수 어린 음악 소리만 들어도 그것을 능히 짐작할 수 있는 터였다.

"경호 아버지도 다시 봐야겠어. 어쩌면 그렇게 몸을 사릴까? 약아빠졌어. 난 김 반장보다 경호 아버지가 더 얄밉드라."

64번지 새댁이 분개하였지만, 여자들은 김 반장 쪽이 아무래도 나빴다는 쪽으로 의견들을 모았다. 그렇게까지 독한 줄은 몰랐었는데, 정말이지 사람이란 두고두고 겪어 보아야만 속을 안다고 입을 삐쭉였다.

원래가 목이 좋지 않아 어느 장사든 길게 가 본 적이 없는 싱싱청과물은 문을 연 지 한 달 만에 셔터를 내리고야 말았다. 만두집, 돼지갈비 전문, 오락실 따위의 장사를 벌였던 이전의 주인들도 두세 달을 채우지 못했으니까 그다지 이상할 것도 없는 일이었다. 다만 몇 푼이라도 가게 치장에 돈이 든 것도 아니고, 미처 팔지 못한 과일이나 부식은 식구들이 먹어 치우면 될 것이니 다른 사람들에 비해 큰 손해는 없을 것이라고 여자들은 수군거렸다. 동맹자들이 결국은 목적을 달성한 사실에 대해 한편으로는 놀라기도 하면서 혹은 언짢게 생각하기도 하면서…….

특히 시내 엄마가 싱싱청과물의 폐업을 가장 가슴 아파했다.

"오죽하면 여기까지 와서 장사를 벌였을라구. 이 동네가 어디 장사해서 돈 벌 곳이 되나? 그깟 것 같이 좀 먹고 살면 어때서. 너무 잔인해."

"문 닫은 걸 보니 안되긴 좀 안됐어. 그래도 어쩌겠나? 다들 먹고 살아 보려고 아옹다옹하는 것이니……."

원래 대범한 편인 지물포 여자가 다소나마 그들을 감싸 주었다.

이월로 접어들면서 영상 십 도 이상의 따뜻한 날씨가 며칠 계속되는 중이었다. 언제 꽃샘추위가 밀어닥쳐 꽁꽁 얼어붙게 할지 그것은 알 수 없지만, 하여간 요사이라면 봄이 왔다고 해도 틀린 말은 아니었다. 원미동 거리는 모처럼 시끌벅적하였다. 아이들도 모조리 쏟아져 나와서 세발자전거를 타기도 하고, 무작정 달음박질을 쳐 보기도 하였다. 아이들을 거느린 채 써니전자 앞의

초등필수
단어장

목 자리가 좋아 장사가 잘되는 곳
꽃샘추위 이른 봄 꽃이 필 무렵에 오는 추위

양지에 한 무리 모여 서 있던 여자들 중의 하나가 낮은 목소리로 킥킥 웃었다.

"저것 봐. 봄이 오긴 왔어. 겨우내 뜸하더니만 으악새 울음소릴랑 이제 실컷 듣게 생겼군."

아닌 게 아니라, 겨울 동안 기척도 없던 으악새 할아버지가 무궁화연립의 계단 앞에 나와 있었다. 벌써 한바탕 으악새 울음을 쏟아 놓고 온 길인지 팔굽을 탁 치고 으악, 손뼉을 탁 치고 으악 하는 일련의 동작들이 무르익을 대로 무르익었다. 으악새 할아버지는 그렇게 얼마 동안 미진한 울음을 다 뱉어 내고 나서는 머리를 쓰다듬으며 계단을 밟아 현관 안으로 사라져 버렸다.

"참말로 저것이 무슨 병인지 몰라. 보는 사람도 이렇게 심장이 지랄 같은데, 으악, 으악 치밀어 올라오는 그 할아버지야 오죽할까?"

"그러게 말예요. 내 생전에 저렇게 요상스런 병은 처음이에요. 예전에 누군가는 자꾸만 웃음이 나오는 병이 있다고 그러긴 합디다만……."

"그래 말야, 차라리 웃음이 나오는 병이면 듣기라도 좋게? 저건 꼭 가래 끓는 소리 같기도 하고, 등에 칼침 맞는 소리 같기도 하고……."

"에이구, 징그런 소리도 한다. 저 양반이 그래도 어찌나 정갈한지 혼자 사는 노인네 빨래가 안집 것보다 많대. 가끔씩 으악새 소리만 안 내면 나무랄 데가 없는 노인인데……."

한참 동안 으악새 할아버지를 입에 올렸던 원미동 여자들은 고흥댁의 출현으로 다시 화제가 옮겨졌다. 원미동 여자들이 환담하는 자리에는 꼭 끼여 있던 고흥댁이 어째 보이지 않는가 했더니 강남부동산 문이

206

벌컥 열리면서 그녀가 나타난 것이다.

"뭐 좋은 일이 있어요?"

날씨 탓도 있겠지만 고흥댁 얼굴이 썩 밝아 보이는 것을 두고 묻는 우리정육점 여자의 물음이었다.

"좋은 일이 머시당가? 요새 복덕방 좋을 일 있등가?"

"그런 말씀 마세요. 봄도 오고 슬슬 집들이 뜰 텐데……. 그나저나 한 건 했나 보죠? 뭐예요, 전세?"

이번에는 소라 엄마가 기어이 물고 늘어졌다.

"아따 족집게네. 싱싱청과물 가게가 나갔어. 인자 막 계약혔네."

"벌써요? 하긴 빨리 뜨는 게 그 사람한테는 좋을 거야."

시내 엄마는 새삼 김 반장의 형제슈퍼를 흘겨본다.

"그란디 이번엔 시내네가 쬐까 괴롭겠어야……."

고흥댁의 의미심장한 말에 여자들은 모두 시내 엄마의 얼굴을 쳐다보았다.

"아니, 왜요? 왜 우리가 괴로워요?"

시내 엄마가 눈을 동그랗게 떴다.

"글씨 말여. 그 사람들도 딱 작정헌 것은 아니라고 허드만, 워낙이 배운 기술이 그것뿐이당게 딴 장사를 할 리가 없제잉."

"네에? 그럼 전파상이 온단 말예요?"

"아직 딱 부러지게 정헌 것은 아니래여. 이것저것 알아본 담에 헌다니께……."

이웃 간에 미리 일러 주지 않고 구전부터 챙긴 죄가

미진한 아직 다하지 못한
환담(歡談) 기쁜 마음으로 즐겁게 이야기하는 것
구전(口錢) 흥정을 붙여 주고 그 보수로 받는 돈

있어서 고흥댁은 자연 말꼬리를 흐렸다.

"오죽하면 이 동네까지 와서 전파상을 벌일라구. 같이 먹고 살아야지. 안 그래?"

시내 엄마가 한 말을 흉내 내는 우리정육점 안주인 때문에 여자들은 모두 깔깔 웃어 댔다. 시내 엄마는 샐쭉한 얼굴로 웃는 둥 마는 둥 하는 중이었다. 64번지 새댁은 그러나 이제부터의 일이 더 궁금해서 못 견디겠는 모양이었다.

"앞으로는 어떻게 되지요? 또 싸울까요? 그 때 보니 경호네도 보통 아니던데요."

동맹을 맺어, 틈 사이로 기어드는 싱싱청과물을 제거하는 데 성공했으므로, 남은 일은 김포와 형제가 어떤 방침으로 돌아서느냐 하는 것뿐이었다. 말하자면, 휴전 협정의 효력은 다한 셈이니 이제는 어떤 일이 벌어지겠느냐 하는 이야기였다.

"아이구, 새삼스레 뭘 또 싸우리라구. 이왕지사 그리 된 것, 서로 타협해서 좋도록 해야지."

이것은 고흥댁의 타협안인데, 아무래도 시내 엄마를 염두에 둔 말인 듯싶었다.

"어머나, 김 반장이 가만있겠어요? 그리고 이 바닥에서 똑같은 장사를 벌여 놓았다가는 결국 두 집 다 망하고 말걸요."

시내 엄마의 발언 내용이 잠깐 사이에 극과 극으로 달라진 것을 모를 리 없는 여자들은 모두 입을 조심하였다. 섣불리 잘못 말하였다간 이웃 사이에 금만 갈 뿐이다.

"우리야 뭐 굿이나 보고 떡이나 먹어야지."

소라 엄마의 **심드렁한** 말에,

"고래 싸움에 새우들 배부르는 재미 말이제?"
하고 고흥댁이 예의 그 옛말 풀이를 들고 나왔다.

"김 반장도 끝을 보는 성격인데 심상찮아."

많은 식구 거느리고 살다 보니 자연 악만 남았다는 김 반장의 처지
를 가장 잘 이해하는 이웃인 지물포 여자의 근심 어린 걱정도 나왔다.

"왜들 이렇게 장삿길로만 빠지는지 몰라."

우리정육점 여자의 **우문**이었다.

"먹고 살기가 힘드니까 그렇지요."

새댁이 즉각 현명한 답을 내놓았다.

그러고는 잠시 말이 끊겼다. 매일매일을 살아 내
야 한다는 점에서 원미동 여자들 모두는 각자 심란한
표정이었다. 그 중에서도 시내 엄마가 가장 울상이었
다. 아이들 속에서 끼여 놀던 지물포집 막둥이가 넘어
졌는지 입을 크게 벌리고 앙앙 울어 대는 것을 신호로
여자들은 제각각 흩어져 버렸다. 그리고 빈 자리에는
이른 봄볕만 엄청 푸졌다.

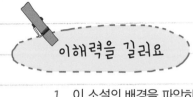

1   이 소설의 배경을 파악하여 적어 봅시다.

공간적 배경	
시간적 배경	

2   소설 속에 묘사된 원미동의 거리를 상상하여 그림으로 그려 보세요.

3   이 소설의 주요 사건은 무엇인가요? 그리고 어떤 인물들 사이에 갈등이 벌어지나요?

	사건	갈등을 일으키는 인물
첫 번째 사건		경호 아버지와 김 반장
두 번째 사건		

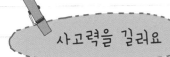
1 경호네와 김 반장이 경쟁하며 싸워야 했던 근본적인 이유를 말해 주는 대목을, 이 소설의 끝 부분에 나오는 64번지 새댁의 말 속에서 찾아 보세요.

2 써니전자 집 시내 엄마의 태도가 다음과 같이 바뀐 이유는 무엇인지 설명해 보세요.

오죽하면 여기까지 와서 장사를 벌였을라구. 이 동네가 어디 장사해서 돈 벌 곳이 되나? 그깟 것 같이 좀 먹고 살면 어때서. 너무 잔인해.

어머나, 김 반장이 가만있겠어요? 그리고 이 바닥에서 똑같은 장사를 벌여 놓았다가는 결국 두 집 다 망하고 말걸요."

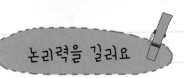
논리력을 길러요

1 이 소설의 마지막 문장은 어떤 분위기를 전해 주나요? 여러분이 받은 느낌을 이야기해 보세요.

2 다음은 이 소설에 대한 작가의 말입니다. 이를 통해 소설이 창작된 배경을 이해하고, 작가가 소설을 통해 그리고 싶었던 것이 무엇인지 생각해 봅시다.

> 1981년 그 해 겨울, 혹시나 하는 심정으로 전철을 타고 부천까지 가서 복덕방을 기웃거리던 나는 이 도시의 동네 이름 중에 '원미동'이란 곳이 있다는 사실을 알게 되었다. 원미동이라니, 멀고 아름다운 동네라니. 동네 이름 앞에서 나는 그만 할 말을 잊었다.
>
> 무던히도 춥던 그 겨울, 며칠째 서울로 경기도로 집을 구하러 다니던 내 앞에 던져진 그 동네 이름은 그대로 내 가슴에 박혀 하나의 화두가 되어 버렸다.
>
> 이후 십 년간 원미동에 살면서 나는 내가 작가라는 사실을 처음으로 다행스럽게 여겼다. 도저히 그냥 지나칠 수 없는, 삶이 지어내는 온갖 쓸쓸한 표정들은 마침 내가 작가였기 때문에 고스란히 기록될 수 있었기 때문이었다.
>
> 그 기록들은 또한, 나만의 믿음이었지만, 1980년대를 살아가는 우리들 모두의 초상이기도 했으므로 나는 한층 더 부지런히 쓸 수가 있었다.
>
> 그리고 점차 알게 되었다. 내게 있어 화두는 '원미동'이 아니라 그 속에 살고 있는 '사람들'이라는 것을. 사람과 사람들을 통해서만이 멀고 아름다운 동네에 갈 수 있다는 것을. 그래서 기록이 끝난 후, 책의 제목은 '원미동 사람들'이 되었다.

3 우리 동네에서 일어난 사건을 가지고 짧은 소설을 만든다면 어떨까요? 어떤 소재를 선택할 것인지 생각하여 여러분이 직접 한 편의 소설을 구상해 보세요.